絕對小孩3

夢拐角

朱德庸⊙作品

時間和空間不是絕對的，只有這些小孩的想像力是絕對的。

■披頭

一對不正常的父母，創造了這個不正常的小孩，他對所有事物都有一套不正常的哲學，但最擅長的還是吃的哲學。

■寶兒

一個稀奇古怪的女孩，帶著一群稀奇古怪的女生，跟住一堆稀奇古怪的男生，滿肚子稀奇古怪的脾氣。

■討厭

一個天生討厭但自己不覺得討厭的小孩。爸媽常祈禱他遺失在大賣場，他也常希望爸媽從家裡消失。

■貴族妞

錢不代表爸爸，但爸爸就代表錢。節儉對她來說是神話，樸素對她來說是幻想。他們一家的貴族品味只有貴族學校能夠接受。

■比賽小子

心中只有第一沒有第二的小孩。對他而言這個宇宙不存在「二」這個數字，除了每天逼他拿第「一」的「二」位爸媽。

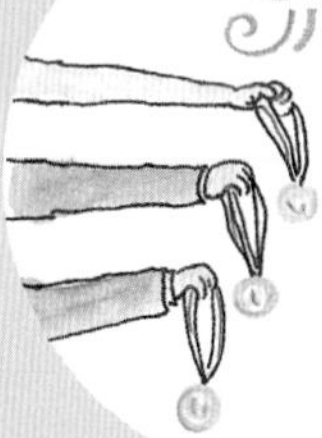

■五毛

喜歡的東西很多，不喜歡的東西也很多的小孩。通常他喜歡的都是父母不喜歡的，不喜歡的一定是父母喜歡的。

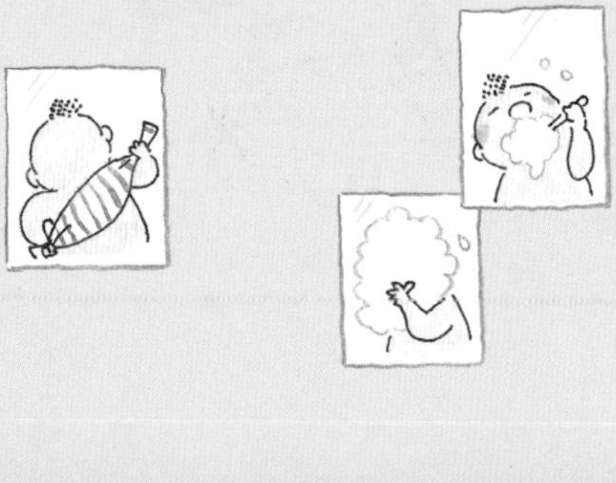

這是一個不是故事的故事。
很久很久以前有一天，在絕對小孩的世界——

我們把閃電
當做衝浪板。

把白雲捏成各種形狀，
給仰望天空的人看。

到海底三萬里和
海妖做猜字遊戲。

在旋轉不停的
宇宙黑洞裡
玩捉迷藏。

去魔法店鋪
吃各種從未
吃過的點心。

到夢妖精的國
度看他們記錄
所有世界偉人
從小做的夢。

進入顛倒
森林，
不受地心
引力
盡情玩耍。

玩得正高興時，突然……

我們不玩了！

為什麼？

因為我們要長大了。

爸爸！！
可不可以別長大？
能不能再變回
小孩和我們玩？
不可能，我們再也回不去童年了。

從那一天開始，
我們的世界就分成兩個：
一個是大人世界，
一個是小孩世界。

裝在想像力的罐子裡吧！然後每天分一點兒給大人。

讓我們小孩每天從時間精靈那裡偷一點兒快樂，

自序

到每一個夢拐角找回你自己

朱德庸

小時候的我同時生活在兩個世界裡：一個是讓我很不快樂的大人世界，一個是讓我非常快樂的想像世界。

在大人那個世界裡，我觀察到的是每一張「大人」面孔上那種對生活莫名無奈的表情紋路，每一種「大人」方式裡那種看來合理其實荒謬的行為，甚至有時候，我覺得這些大人就像已經被這個世界遠遠拋棄在後面，只是還想假裝追趕。那種感覺令我深深害怕：隨著歲月長大成人，我會不會也踏進那個大人世界，重複著他們的生活？

所以，我並不像那個年代裡其他孩子一樣，希望趕快長大。

在我自己的世界裡，我擁有的是畫畫和想像。我從小住在一幢附小小庭院的日式灰瓦平房，裡面有我的畫筆和小書桌，也是我對抗外面大人世界的秘密基地。與我同住的是窗檯上的螞蟻軍隊、蜘蛛俠客，樹叢裡的花朵精靈，躲在床底下的夢妖精，和整天在廁所跳舞的小怪物。那是我全部的世界，我可以暑假整整兩個月一步都不踏出院門。幼小的我也特別珍惜每一個暑假，因為暑假似乎是我唯一能讓童年停留的方法。

當然，那些暑假終究沒有真正停駐，只是成了我成年後的深刻記憶。

有這樣童年世界的我長大以後，結婚、搬離老家，也面臨了所有「大人」的困境。在繁忙的日子裡，我盡了一切可能保有自己童年的單純心態，從我的生活方式到我的工作方式，一直天真地、純粹地往那個逝去的童年方向折返。然而隨著老家拆遷變化，有很長一段時間，我還是失去了我的童年，失去了那個想像世界，和所有那些陪伴我的精靈、怪物道別了。直到二〇〇〇年，隨著自己小孩的成長，我重新再過了一次童年。我發現：牠們沒有忘記我，我也從未忘記過牠們。

我的小孩當年上的是人數很少、課業很鬆的公立小學，我和太太常帶著他翹課跑去找蟲、爬山、看樹、玩水，甚至有陣子他學期的近半時間都不在學校，只是和我們在或新或舊的城市街道角落行走。他一邊走在陽光灑落的前方、一邊嘴裡念念有詞講著他幻想故事的情景，回想起來竟奇妙地成為我們

一家三口共同的童年記憶。我也很喜歡聽他在晚餐桌前描述他前一晚夢裡的怪物。直到現在，二十幾歲的他還常和我熱烈討論怎樣實際畫出想像的怪獸線條，這時候，我彷彿就可以看到我和他也許共同認識的某隻童年想像怪物，和那個有點困惑、有點害怕的小孩，內心卻充滿無限自由和想像。

我深深相信：每個小孩那充滿魔法般的童年記憶足以影響他一輩子，而就是那個記憶告訴我們：「你是一個什麼樣的人?」「你的快樂是什麼?」只是大多數人在成長過程逐漸偏離了自我，讓「我」成了「我們」，而我們並不快樂。

也許這個世代很多人覺得，我們這個世界正在慢慢崩解，其實，我們正在經歷的是整個過度發展的商業社會的一步步「失去」，失去之前曾經過度膨脹而被誇飾的某些物質生活方式。小孩的世界是沒有「失去」這件事的，因為小孩子是什麼都沒有的，所以更純粹而豐富。每個小孩活在這世上都是一無所有，只有想像力和那種生活態度——用最直接的方式思考問題，用最想像的方式觀看世界。但奇妙的是，他們因此可以比「大人」們更真實地觸摸到生活的各種細節，然後想像，然後遊戲並且享受這個真實世界。

距離上一本《絕對小孩2》出書已經八年了，我看到這個時代裡更多不快樂的大人和不快樂的小孩。再畫《絕對小孩3》，我想說的是：

對這個時代的小孩，我希望還給他們一個能做夢的權利和環境，在那兒，大人應該退到一旁，讓所有的小孩發揮與生俱來的「夢天性」。因為，錢並不會讓人進步，夢才會。

而對這個時代的大人們，我覺得可能最重要的是，隨著孩子們的夢，找回你自己心中那個躲起來的小孩，抱一抱小時候的你自己，和他一起並肩再面對這個世界。他會告訴你，站在人生拐角上如何不違背自己的天性而去選擇。其實，童年那個充滿想像的你自己並沒有遠離，他就在每一個新的夢的拐角等你。

二〇一七、十二、十二

朱德庸

這個人

他有一雙成人的尖銳的眼，和一顆孩子的單純的心。

1960年4月16日來到地球。無法接受人生裡許多小小的規矩。28歲時坐擁符合世俗標準的理想工作，卻一頭栽進當時無人敢嘗試的專職漫畫家領域，至今無輟。認為世界荒謬又有趣，每一天都不會真正地重複。因為什麼事都會發生，世界才能真實地存在下去。

他曾說：「其實社會的現代化程度愈高，愈需要幽默。我做不到，我失敗了，但我還能笑。這就是幽默的功用。」又說：「漫畫和幽默的關係，就像電線桿之於狗。」

朱德庸漫畫引領流行文化二十載，正版兩岸銷量早逾千萬冊，占據各大海內外排行榜，有華人的地方，即有「朱氏幽默」。2009年更獲頒「新世紀10年閱讀最受讀者關注十大作家」，2016年獲頒金漫獎特別貢獻獎。作品多次改編為電視劇、舞台劇，近年畫作更在名家拍賣場上屢創紀錄。被大陸傳媒譽為「唯一既能贏得文化人群的尊重，又能征服時尚人群的作家」。他自己則認為自己「是一個城市行走者，也是一個人性觀察家」。

朱德庸創作力驚人，創作視野不斷增廣，幽默的敘事手法和純粹的赤子之心卻未曾受到影響。「雙響炮系列」描繪婚姻與家庭、「澀女郎系列」探索兩性與愛情、「醋溜族系列」剖析年輕世代，他在《什麼事都在發生》裡展現「朱式哲學」，在《關於上班這件事》中透徹人生百態，2007、2008年《絕對小孩》系列真實呈現他心底住著的，那個絕對小孩的觀點。2011年《大家都有病》用瘋狂的想像描繪這個瘋狂時代，顛覆我們對這個世界的認知，2013年續作《大家都有病2：跟笨蛋一起談戀愛》以諷刺之筆戳破這個愛情時代的華麗泡沫，2017年的《絕對小孩3》則要再次帶著我們重返童年，遇見那個最純真的自己、重溫最美好的年代。

朱德庸作品

《雙響炮》系列七冊．《醋溜族》系列四冊．《澀女郎》系列六冊．《大刺蝟》．《什麼事都在發生》．《關於上班這件事》．《大家都有病》系列兩冊．《絕對小孩》．《絕對小孩2》

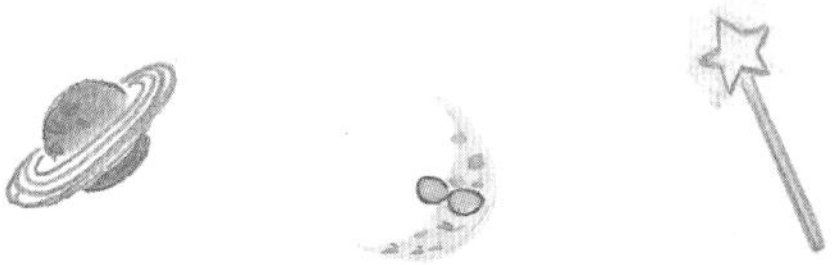

目錄

不是故事的故事 004

到每一個夢拐角找回你自己 自序 014

朱德庸檔案 016

目錄 017

018 第1章／月亮想一想

054 第2章／星星碰一碰

084 想像什麼都想像翻轉精靈定律

090 第3章／世界轉一轉

126 第4章／魔法閃一閃

160 第5章／時間彎一彎

194 來自顛倒空間精靈告訴你的話！

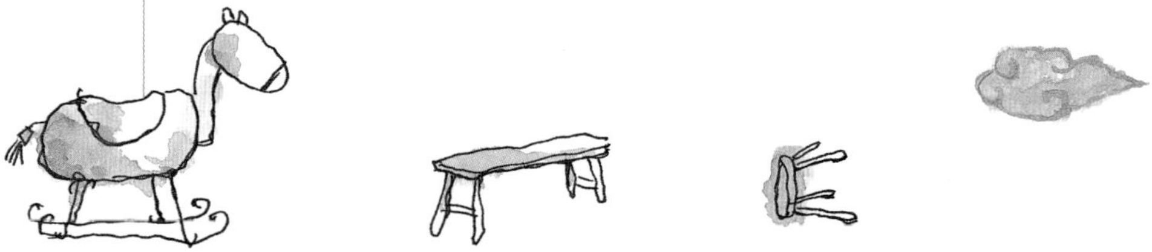

第1章 月亮想一想

我每天都幻想
搭著飛碟去漢堡星球。

結果那一天
真的來了！

如果有三個我，就可以一個寫英文、一個寫數學、一個寫地理作業了。
如果有三個我，就可以一個玩模型、一個玩遊戲、一個去踢球。
如果有三個我，就可以一個去睡覺、一個看電影、一個去發呆。
如果有三個我，卻只有一顆糖……哇，就麻煩大了！！
我是學生，我是小孩，我是超人。
我是天使，我是怪物，我是海盜。
我是精靈，我是神仙，同時我也是披頭。
那麼多的我，到底我要做哪一個？

有時我想當一條魚，無拘無束在大海中游泳。
有時做夢會在荒島上醒來。
有時我想當一頭獅子，勇猛無懼在大草原嘶吼。
有時做夢會在星球上醒來。
有時我想當一隻老鷹，俯視一切在空中四處翱翔。
有時做夢會在雲朵上醒來。
但大部分時候我只想當一隻豬，在床上夢想著這些夢。
但大部分做夢都會在課堂上醒來。

據說沿著鐵道一直走，
就會走到世界盡頭。
據說順著溪流一直走，
就會走到地心深處。
據說跟著星星一直走，
就會走到另一個星系。
據說按著父母的指示一直走，
就會走到一個不是
自己的人生。
考試
名校
CEO
我常常幻想在城市上空飛翔。
我常常幻想在大海上空飛翔。
我常常幻想在山岳上空飛翔。
可能是因為我常常只能
趴在地上飛翔吧……

惱人的同學變不見。
累人的功課變不見。
囉嗦的老師變不見。
麻煩的父母變不見。
哎，世上討厭的事實在太多了，變也變不完……
算了，還是把自己變不見來得簡單。
我讀過的書足夠讓我開書店了。
我玩過的玩具足夠讓我開玩具店了。
我吃過的零食足夠讓我開糖果店了。
我考過的0分足夠讓我開鴨蛋店了。

你今天一定要
洗臉。
正在洗。

今天天氣很冷，
多穿點。
今天天氣很熱，
少穿點。
今天天氣不冷不熱，
你自己看吧。
那就別穿了。

每個男生都希望以後長得又高又大，你呢？
哈，漢堡好大……
哇，漢堡好小……
不但不要長大，我還希望做個小侏儒。
披頭決定長大長小的唯一標準。

你在做什麼？
我在和自己對話。
說了些什麼高深莫測的對話？
他想吃甜甜圈，我想吃冰淇淋。

老媽，我剛才洗
頭不小心把背好
的書都沖掉了。

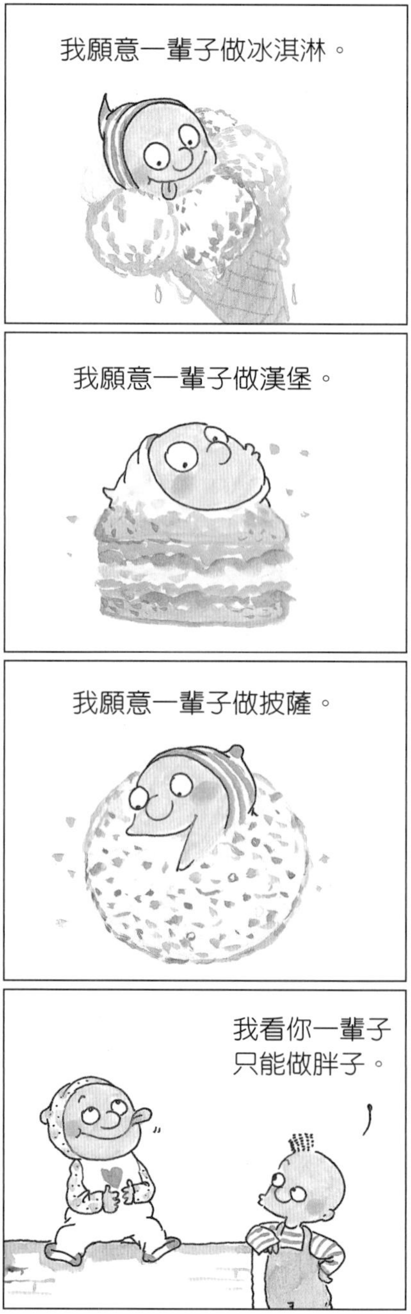
我願意一輩子做冰淇淋。
我願意一輩子做漢堡。
我願意一輩子做披薩。
我看你一輩子
只能做胖子。

大人小孩配

- 小孩才不在意世界有多大，因為只要擁有了一個玩具，就已經擁有了全世界。
- 上天忘了給予兒童翅膀，於是給了他們想像力，讓他們也能翱翔天際。
- 每個小孩都是樂觀主義者，直到他們遇見大人。

大人小孩配

● 小孩的想像力就像天氣，有時晴、有時雨、有時多雲、有時下雪，
大人的想像力則像天氣預報，而且常常預報錯誤。

● 小孩創造自己的幻夢，大人靠別人製造幻夢。

呀！
哇！
咿！
同樣是水，為什麼你就是死也不願洗澡？！
洗澡有這麼可怕嗎？！

五毛，你要好好努力，為家裡爭光。
我現在還沒小學畢業，將來還要唸初中、高中、大學。
老爸，你為什麼不先努力為家爭光比較快。

怎麼又淋得全身都是雨？！
你是不是沒有撐傘？
當然有，我保證有撐傘。
畫面回敘

- 小孩的白日夢可以創造這個世界，大人的白日夢可以破壞這個世界。
- 想像是人生幸福感的一種加法，現實是人生幸福感的一種減法。
- 當你遠離夢想世界時，你就成了大人。

大人小孩配

對小孩而言，這個世界是彩色的，
對大人而言，這個世界是隨時要變顏色的。
大人相信成績，小孩相信奇蹟。
小孩的奇蹟充滿著各種可能性，
大人的奇蹟充滿著各種變現性。

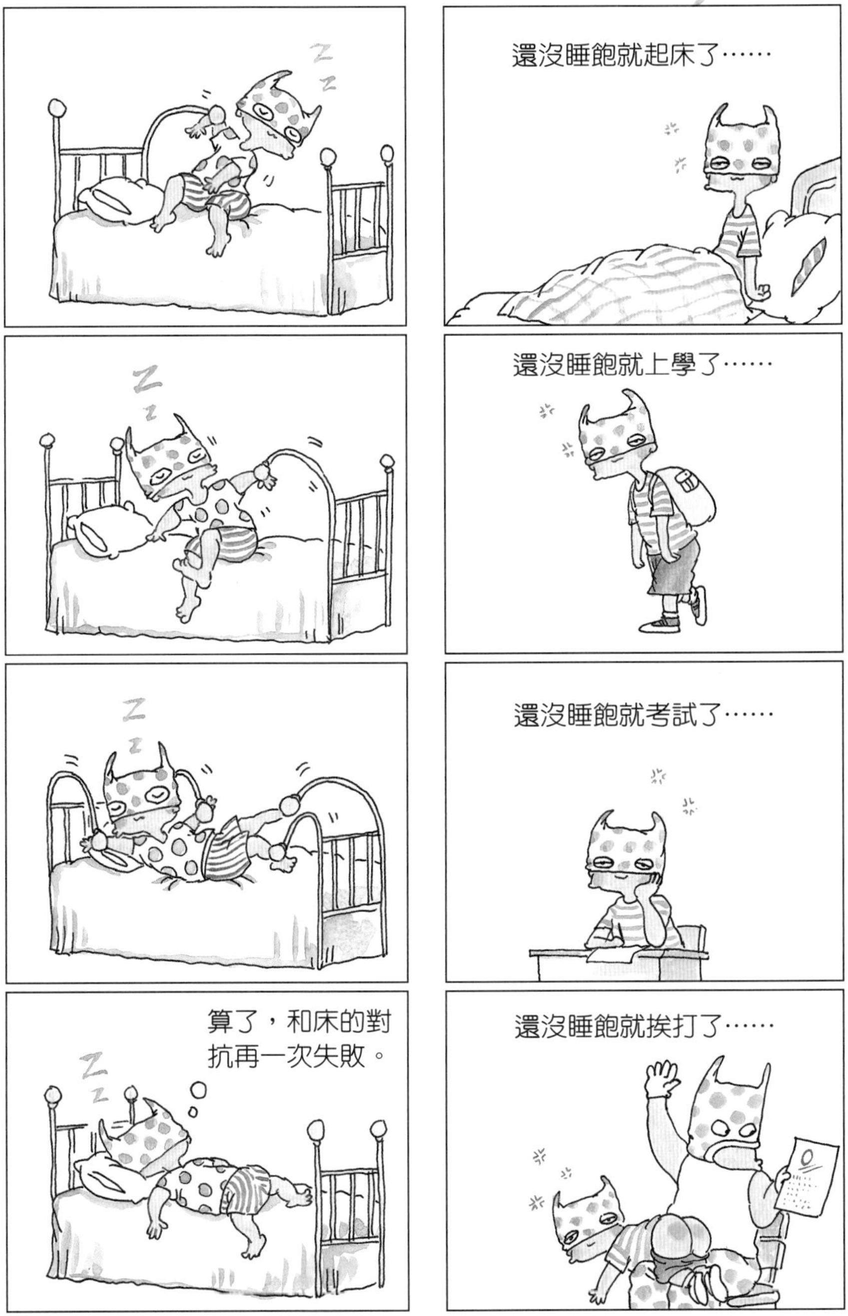
還沒睡飽就起床了……
還沒睡飽就上學了……
還沒睡飽就考試了……
還沒睡飽就挨打了……
算了，和床的對抗再一次失敗。

每天必須要做的……
每天必須要做的……
每天必須要做的……
每天都必須要做許多事，
其實小孩也很忙滴。

哈，不下雨了。
哈，不下雨了。
老天好像真的不太喜歡討厭這孩子。

大人小孩配

小孩腦袋裡藏著一個充滿想像的國度，大人腦袋裡藏著一個充滿現實的國度。

小孩的本領是能把一件很乏味的事弄得很好玩，大人的本領是能把一件很好玩的事弄到很乏味。

大人小孩配

小孩唯一擁有金錢觀的時候，就是買糖的時候。小孩不需要有時間觀，因為對他們而言，時間不是金錢。

小孩擁有童心，大人擁有貪心。

小孩喜歡貪吃，大人喜歡貪婪。

披頭，什麼時候發數學考試成績？
後天。
爸爸後天出差不回來，我先預打你考零分的成績。
這種事也有預先打的嗎？……

你們是不是我的好朋友？
是。
是。
你們是不是我的好朋友？
是。
是。
你們是不是我的好朋友？
是。
是。
他
是他
他

大人小孩配

現在我要變出鴿子！
結果是香菸
現在我要變出兔子！
結果是酒店名片
現在我要變出貓咪！
結果是情書
魔術師的帽子和老爸的帽子藏的秘密是不同的。

今天算術考幾分？
差點100分。
那是差多少？
大約差85點……
15

小孩的想像力可以讓他們一天在奇幻世界繞好幾圈，

大人的想像力只能讓他們一天在數字世界繞好幾圈。

小孩世界是童話故事，大人世界是謊話故事。

全世界的昆蟲有六百萬種，全世界的人只有小孩和大人兩種。

每個大人都是被毀壞的小孩。

每個小孩都有幾年是魔法師，具有讓自己不被毀壞的魔法。

老天爺，能不能讓我明天考滿分？
NO
一個誠實的小孩才是一個可愛的小孩。
我懂了。
媽咪，老爸上星期偷跑去喝酒，把我扔在酒吧門口！
我可不可愛？

這是什麼？
愈來愈大……
愈來愈大……
我是一個思想家，當我吃東西時，其實我在思考。
當我在睡覺時，其實我在思考。
那當你純粹在思考的時候呢？
那就是在想吃東西和在想睡覺。

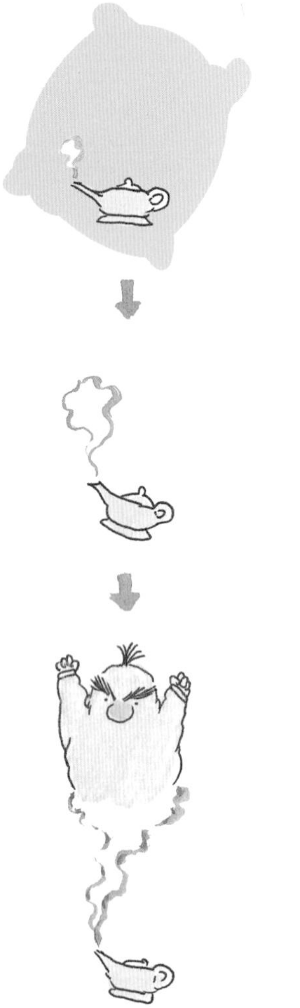

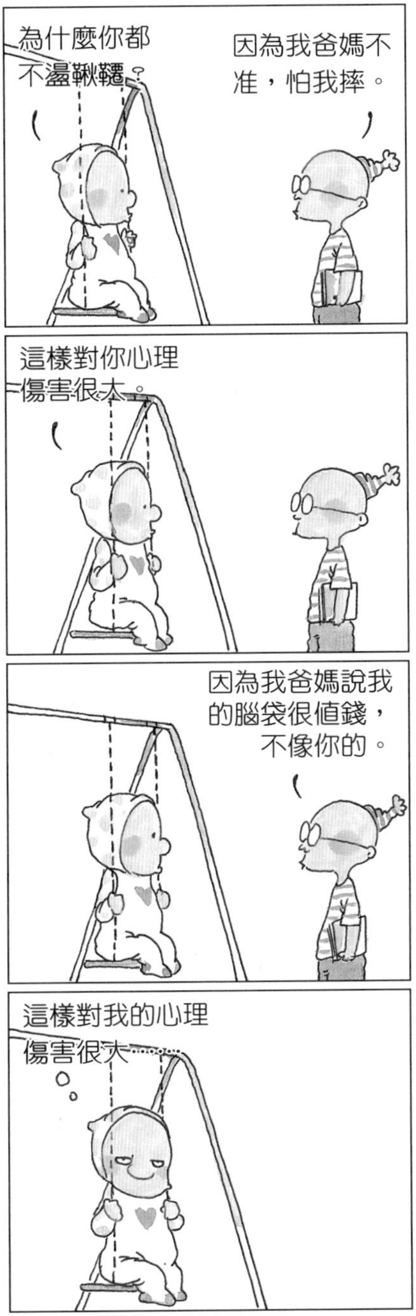
為什麼你都不盪鞦韆？
因為我爸媽不准，怕我摔。
這樣對你心理傷害很大。
因為我爸媽說我的腦袋很值錢，不像你的。
這樣對我的心理傷害很大……

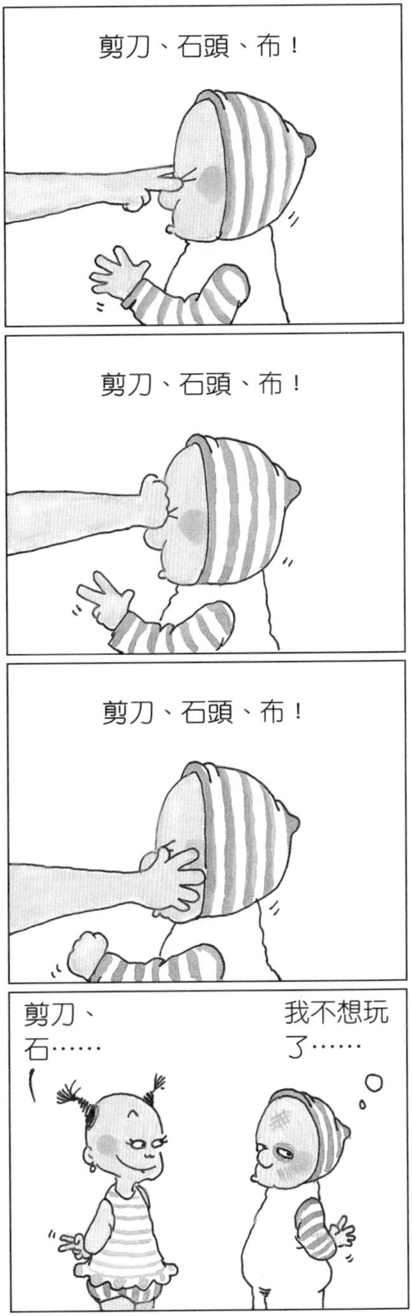
剪刀、石頭、布！
剪刀、石頭、布！
剪刀、石頭、布！
剪刀、石……
我不想玩了……

天呀，水怪！
天呀，飛碟！
天呀，雪人！
天呀，笨蛋！
對比賽小子來說，所有不可能的事都在一天內發生了。
標準答案在第三冊第八頁第五行。
參考資料在第五本第三頁第七行。
計算方式在第八冊第四頁第九行。
藍色內褲在第六抽屜第三層第五件。

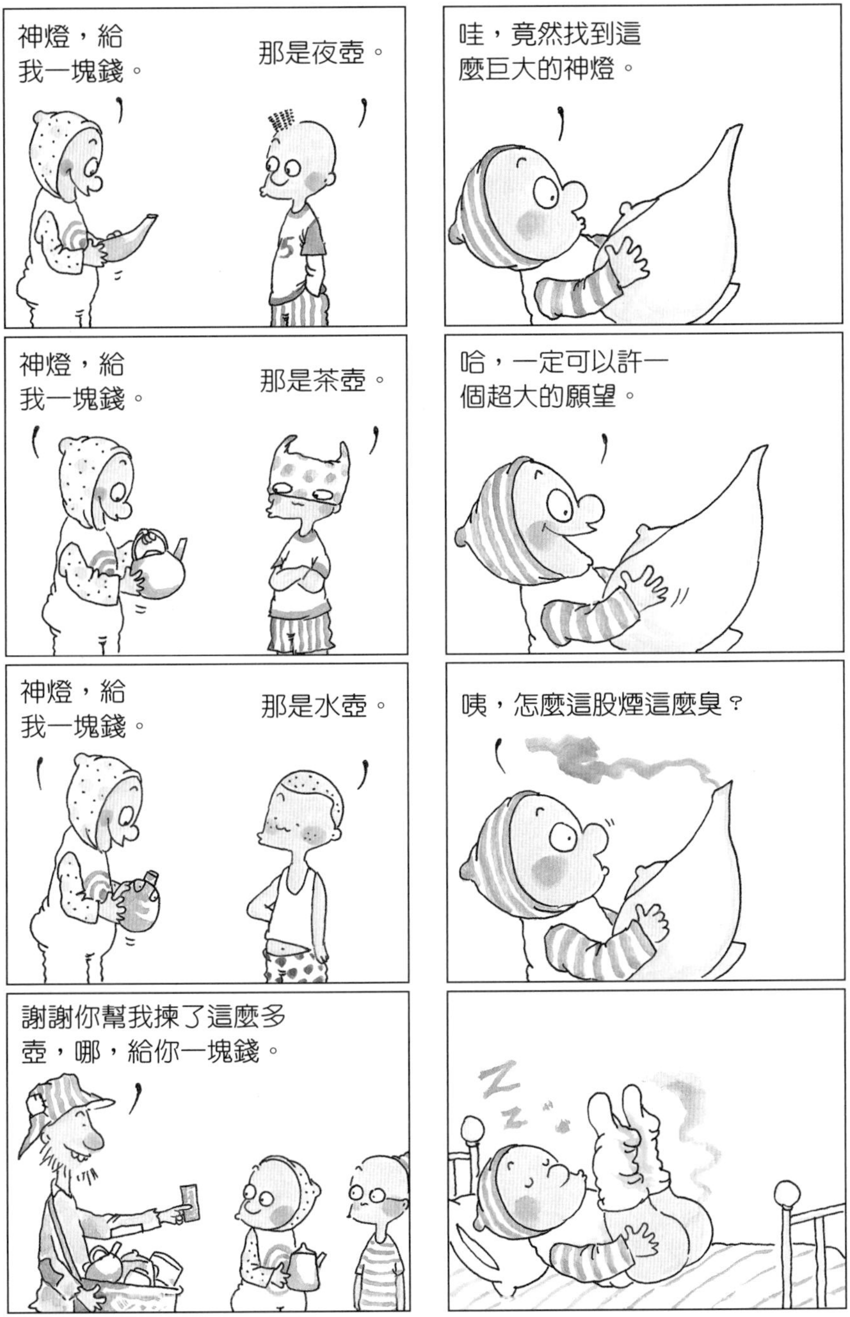
神燈，給
我一塊錢。
那是夜壺。
神燈，給
我一塊錢。
那是茶壺。
神燈，給
我一塊錢。
那是水壺。
謝謝你幫我揀了這麼多
壺，哪，給你一塊錢。
哇，竟然找到這
麼巨大的神燈。
哈，一定可以許一
個超大的願望。
咦，怎麼這股煙這麼臭？

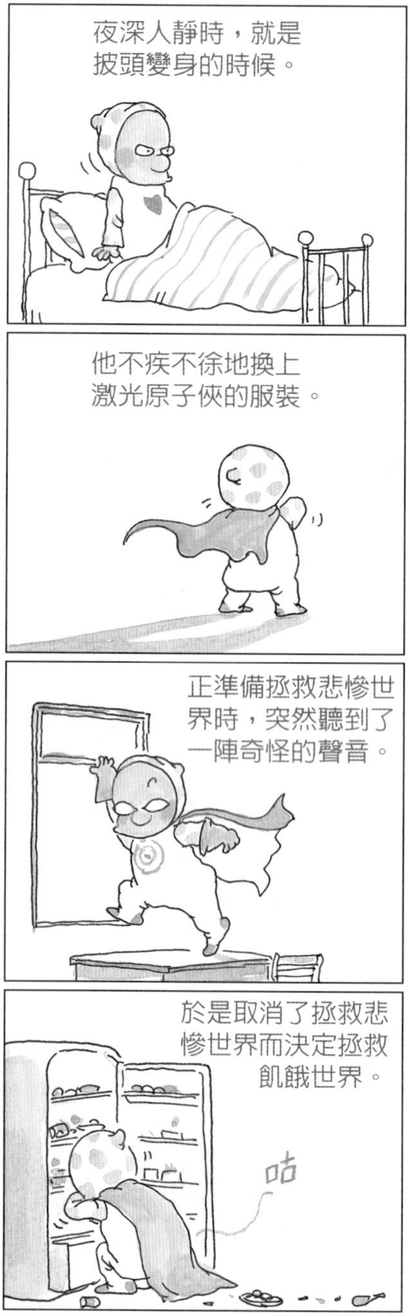
夜深人靜時，就是
披頭變身的時候。
他不疾不徐地換上
激光原子俠的服裝。
正準備拯救悲慘世
界時，突然聽到了
一陣奇怪的聲音。
於是取消了拯救悲
慘世界而決定拯救
飢餓世界。
咕

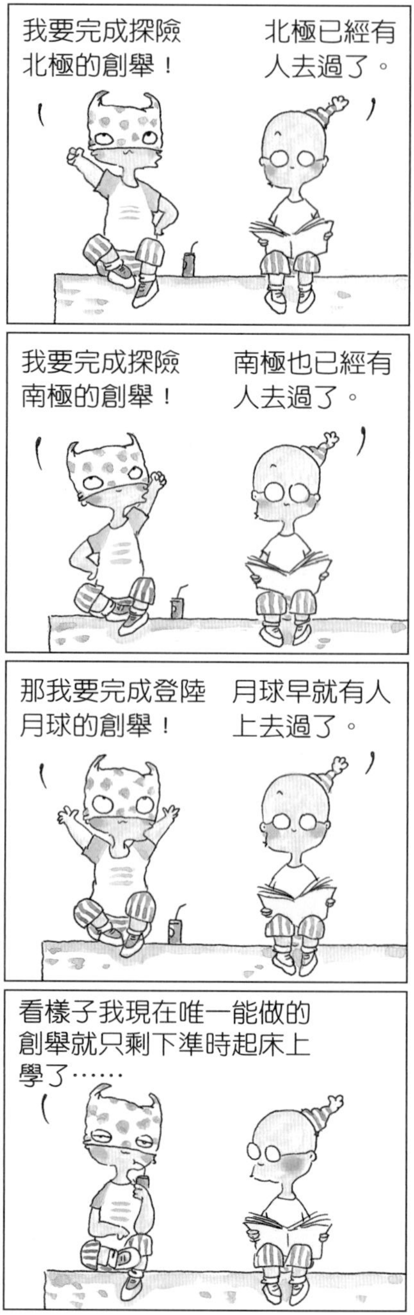
我要完成探險
北極的創舉！
北極已經有
人去過了。
我要完成探險
南極的創舉！
南極也已經有
人去過了。
那我要完成登陸
月球的創舉！
月球早就有人
上去過了。
看樣子我現在唯一能做的
創舉就只剩下準時起床上
學了……

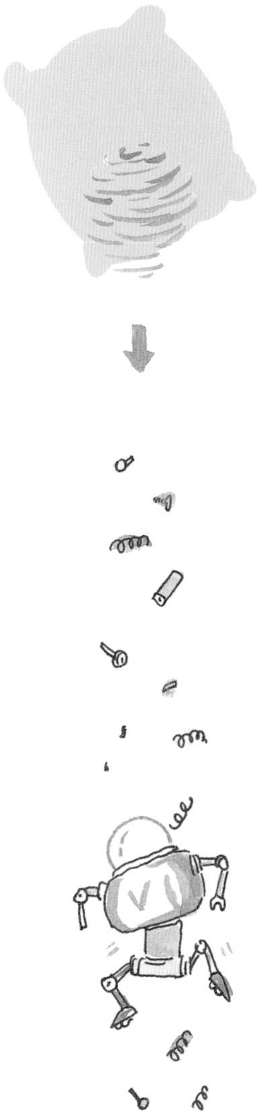

擋住！
撐住！
頂住！
唉，何苦呢，
不過就是分數
……

原來地球長這樣。
原來月球長這樣。
原來渾球長這樣。
找死嗎!

走開，這是我超人換衣服的電話亭！
什麼事也沒發生……
走開，這是我蜘蛛俠換衣服的角落！
什麼事也沒發生……
走開，這是我蝙蝠人換衣服的草叢！
什麼事也沒發生……
於是激光原子俠只能在這裡換衣服了。
只要討厭待在家裡，這個地球就什麼事也不會發生。
Z Z Z

聽說如果強迫一個人做一件事，最後那個人就會走一個相反的方向。
這就叫物極必反。
老爸，如果要我做醫生，以後我就會當病人，如果要我做律師，以後我就會當犯人。

宇宙閃電攻擊！
超能量光束圈攻擊！
酷寒急凍彈攻擊！
有這種小主人，真是倒了八輩子狗楣……

大人小孩配

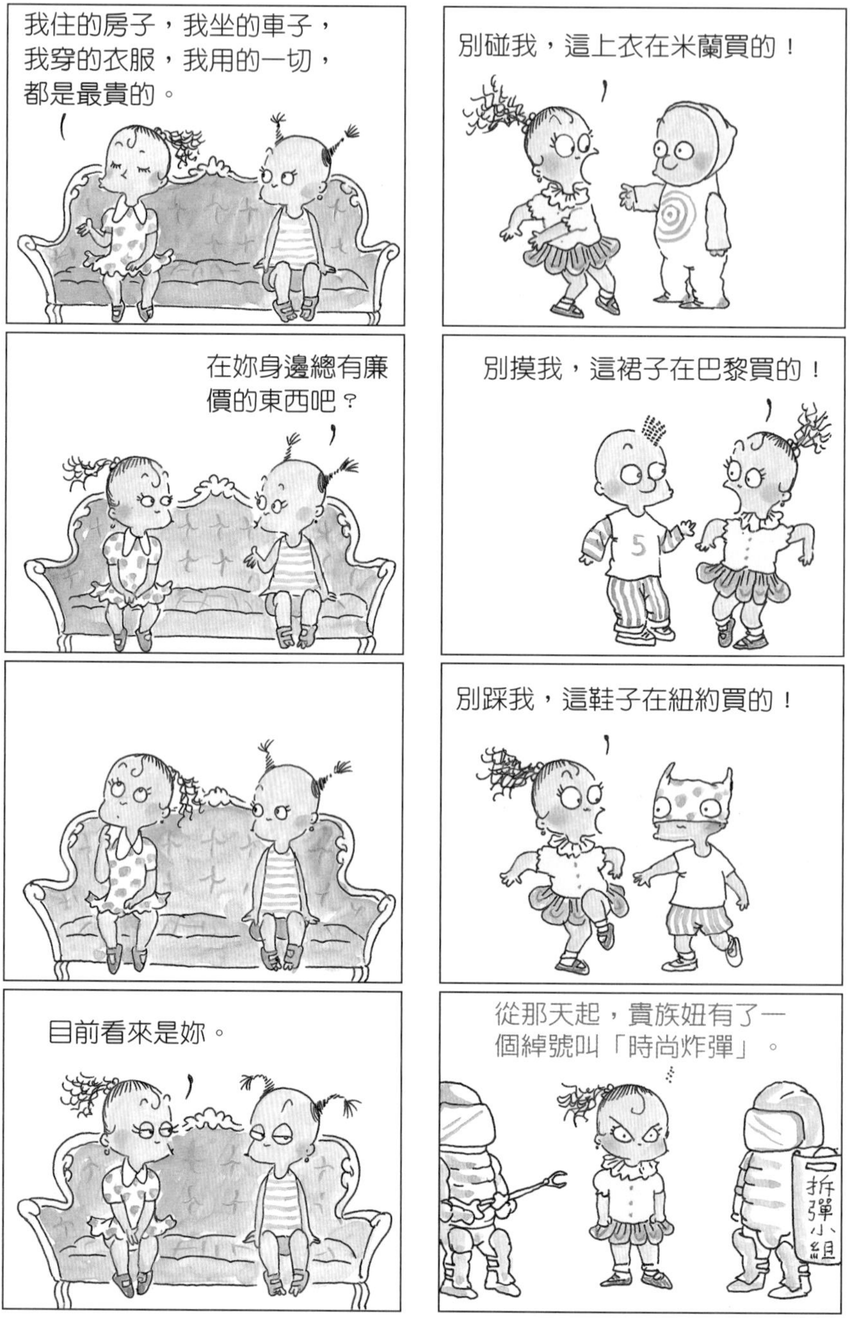
我住的房子，我坐的車子，
我穿的衣服，我用的一切，
都是最貴的。
在妳身邊總有廉
價的東西吧？
目前看來是妳。
別碰我，這上衣在米蘭買的！
別摸我，這裙子在巴黎買的！
別踩我，這鞋子在紐約買的！
從那天起，貴族妞有了一
個綽號叫「時尚炸彈」。
拆彈小組

時間是小孩的玩伴，一分鐘可以很長也可以很短。

當他們長大之後，一分鐘就只能是不長不短的六十秒了。

小孩創造夢，大人打碎夢。

大人小孩配

小孩因擁有想像力而快樂。

失去想像力並不會讓你變成不快樂的小孩，只會讓你變成不快樂的大人。

神燈神燈，給我全世界的玩具。小孩許願。

神燈神燈神燈，給我全世界。大人許願。

哇，瓶中信！
快拆開看，是藏寶圖？還是海盜宣言？
什麼世界？竟然是一張一百年前的考卷……

把我的豪華早餐端上來。
好的，夫人，您的蛋要雙面還是單面？土司要烤焦還是半焦？馬鈴薯是塊還是泥？
紅茶是大吉嶺還是伯爵？要茶包還是茶葉？加鮮奶還是奶油？咖啡是拿鐵還是歐蕾？
媽呀，我不要假裝有錢人了！

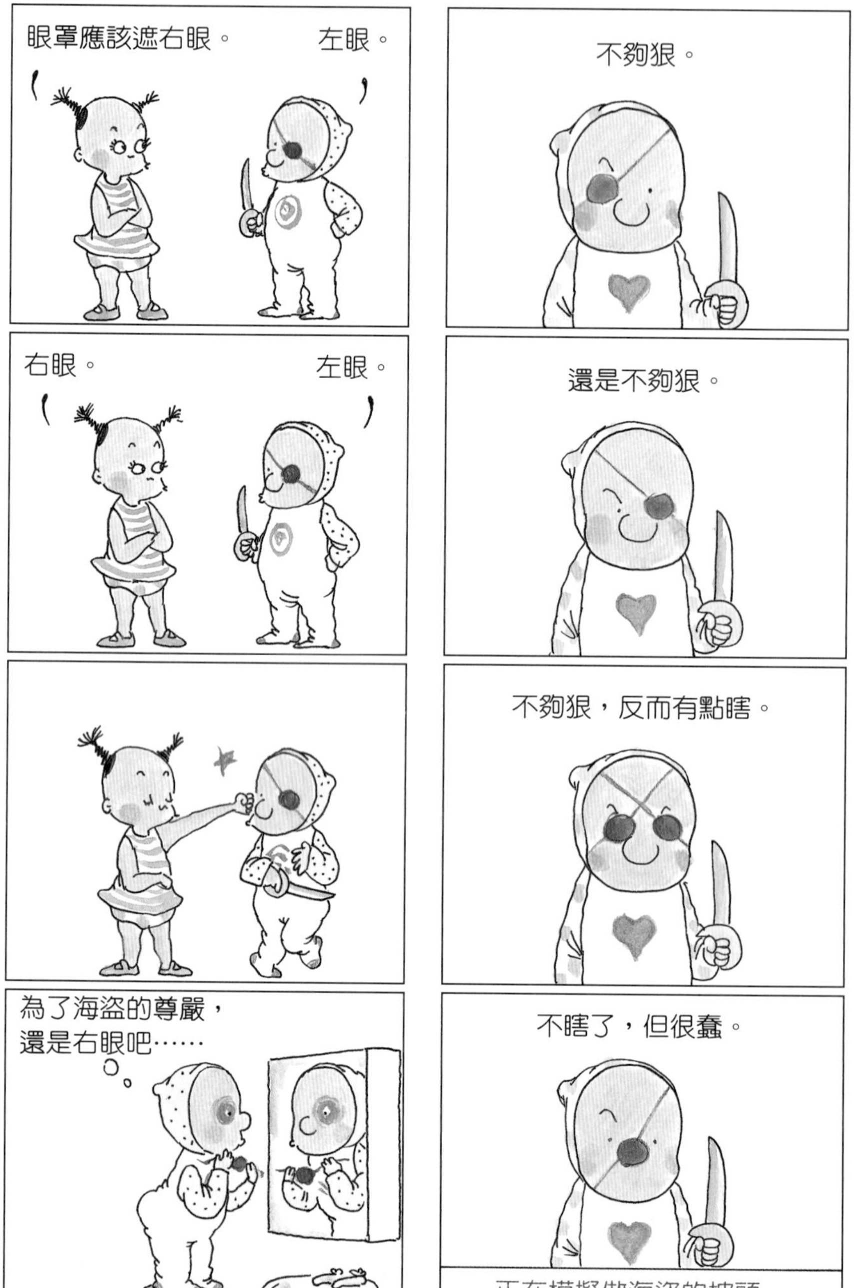
眼罩應該遮右眼。
左眼。
右眼。
左眼。
為了海盜的尊嚴，
還是右眼吧⋯⋯
不夠狠。
還是不夠狠。
不夠狠，反而有點瞎。
不瞎了，但很蠢。

正在模擬做海盜的披頭。

大人小孩配

對小孩而言，手上每個玩具都有它自己的故事。對大人而言，手上每一分錢都有它自己的故事。

小孩沒有心情不好的時候，只有大人心情不好然後把小孩心情弄不好的時候。

大人小孩配

小孩希望石頭會唱歌，蝴蝶會唸詩，綠草會說故事，就是希望父母別講話。

我們一面希望孩子擁有天馬行空的想像力，又一面把他們的天空拿走，馬兒綁住。

小孩心中每長出一朵雲，大人就讓它下雨。

你在做什麼？
我在寫小說。
講一隻豬把全人類
的糧食都吃光。
他在寫自傳。

不行……不行……
不行……真的不行……
這……這代價太大了……
你不是要像真正的海盜嗎？

只要一按這個紅色鈕，
我的世界就結束了……
今年諾貝爾文學獎
由披頭先生獲得。
到底該按還是不該按？……
真不好意思，一不小
心就拿了這個獎。
到底要按還是不要按？……
我看是一不小心就做了這個夢。
都幾點了，還不快把電視
關掉，明早又要賴床了！

大人小孩配

小孩的神奇世界就是：每天都換一種糖果吃，每天都自動換掉一顆壞牙。這樣就可以一直吃糖卻永遠沒有蛀牙。

絕對小孩糖果主義：牙掉了還會長出來，糖吃掉就再也沒有了。

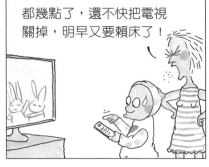

大人小孩配

●人生是一場戲劇，大人卻要小孩演一齣荒腔走板的大人戲。

●小孩的馬戲團是看訓練的動物表演，父母的馬戲團是看訓練的孩子表演。

●成功這個觀念對小孩而言才是天方夜譚。

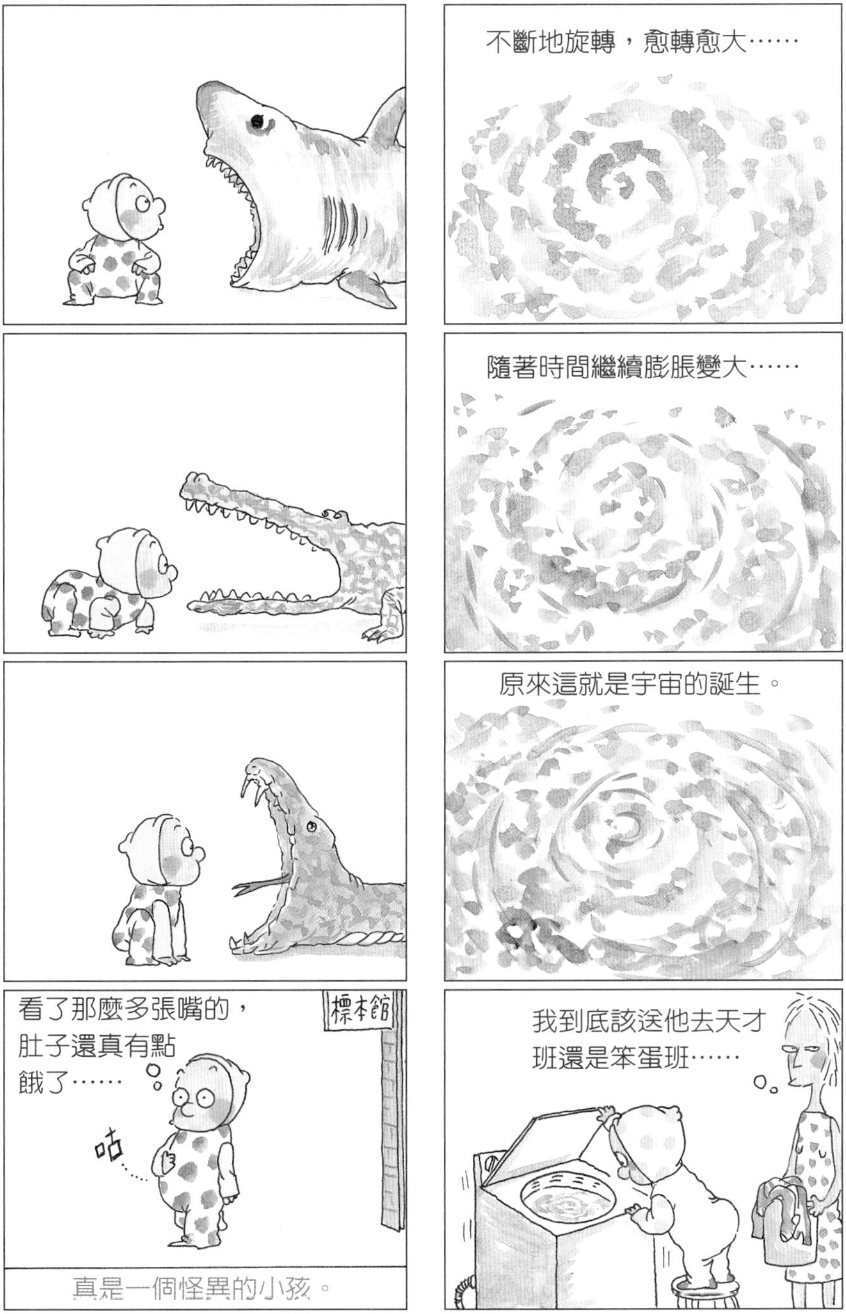

看了那麼多張嘴的，
肚子還真有點
餓了……
標本館
咕
真是一個怪異的小孩。
不斷地旋轉，愈轉愈大……
隨著時間繼續膨脹變大……
原來這就是宇宙的誕生。
我到底該送他去天才
班還是笨蛋班……

哇，找不著家，
迷路了……
找警察局問路。
哭什麼？
找不著警察局，
迷路了……

天呀，我又重了。
聽說有一種減肥法，就是把食物放在嘴裏嚼完後就吐掉，不進肚子就不會胖了。
我現在只能做到老師上課教的進我的耳朵但沒進我的腦子。

大人小孩配

- 小孩世界裡所謂的失敗，就是糖果被別人吃了，玩具被別人玩了。
- 小孩覺得大人很笨，因為他們連玩具都不玩。
- 世界很大，足夠裝下所有貪玩的小孩，世界很大，卻裝不下兩個貪婪的大人。

大人小孩配

小孩玩123木頭人，大人不必玩就是木頭人。
誰說人生只有一次童年？其實每個大人都可以隨著小孩重新再過好幾次童年。
中年只有一次，老年也只有一次，但童年可以有好幾次。——老頑童如是說。

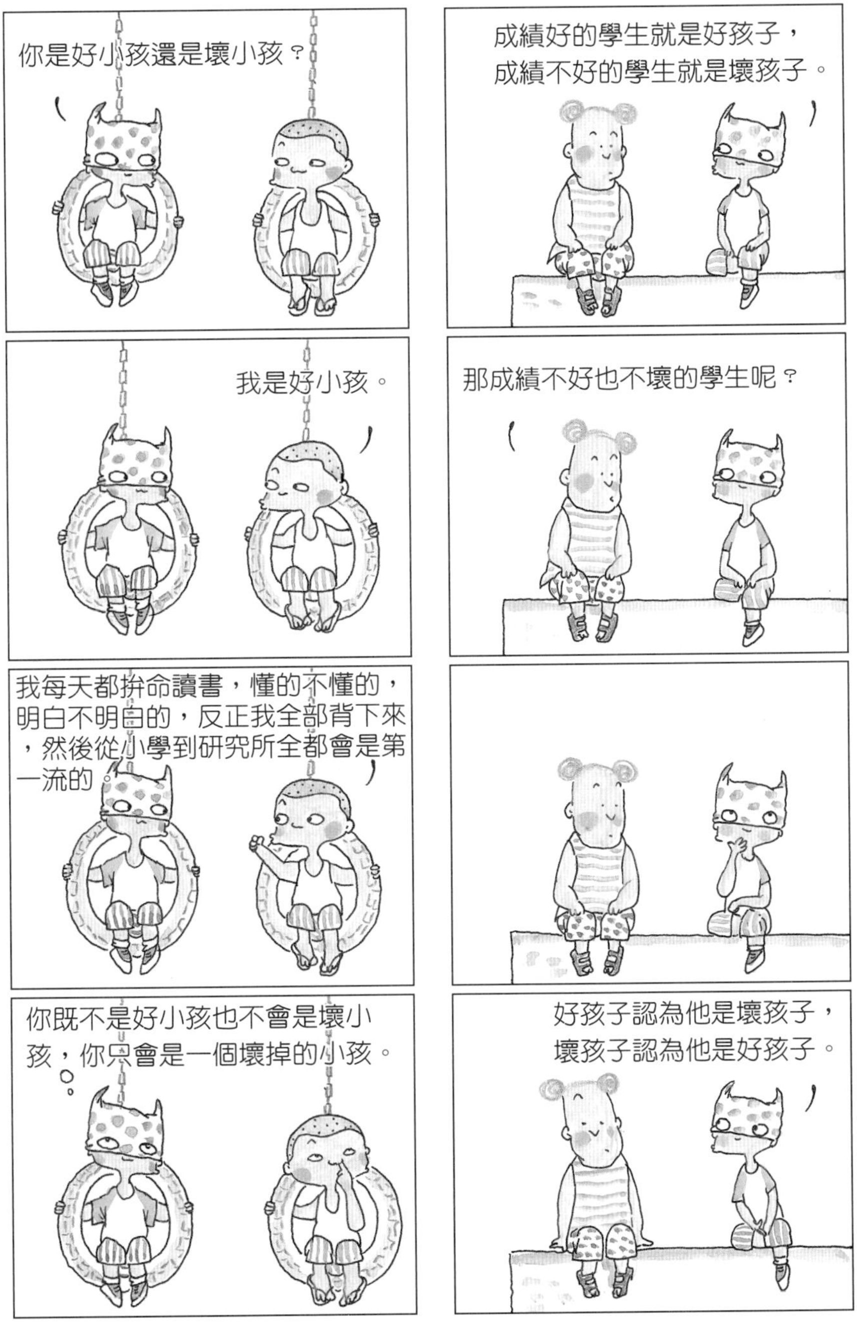

你是好小孩還是壞小孩？
我是好小孩。
我每天都拚命讀書，懂的不懂的，明白不明白的，反正我全部背下來，然後從小學到研究所全都會是第一流的。
你既不是好小孩也不會是壞小孩，你只會是一個壞掉的小孩。
成績好的學生就是好孩子，成績不好的學生就是壞孩子。
那成績不好也不壞的學生呢？
好孩子認為他是壞孩子，壞孩子認為他是好孩子。

壞人很多，要注意。
我會分辨。
壞人很多，要注意。
我會分辨。
壞人很多，要注意。
我會分辨。
你是好人還是壞人？我要分辨。
這個男人是好人還是壞人？
好人。
這個女人是好人還是壞人？
壞人。
這個老人是好人還是壞人？
好人。
媽，妳是好人還是壞人？
你再吵，我就是壞人，不吵，我就是好人。

等壞人死掉。
還不來吃飯？
等壞人死掉。
還不去寫功課？
等壞人死掉。
還不快洗澡？
老媽，這年頭壞人都很長命。
怎麼壞人還沒死？！

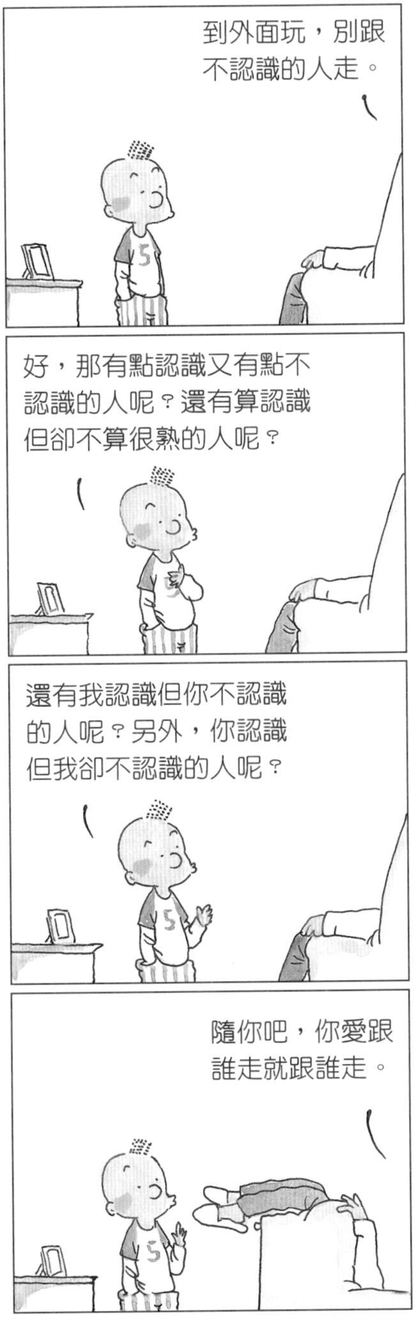
到外面玩，別跟不認識的人走。
好，那有點認識又有點不認識的人呢？還有算認識但卻不算很熟的人呢？
還有我認識但你不認識的人呢？另外，你認識但我卻不認識的人呢？
隨你吧，你愛跟誰走就跟誰走。

大人的大腦袋裡裝的是小世界。

小孩的小腦袋裡裝的是大世界，

第2章 星星碰一碰

為什麼晚上的夢
永遠沒有白天的夢精彩？

竟然玩玩具，沒收！
可愛的老師好。
竟然吃零食，沒收！
可敬的主任好。
竟然看漫畫，沒收！
可畏的校長好。
竟然有夢想，沒收！
可憐的小孩好。

為什麼最重要的考試老是考砸？
隨便考
大考
小小考
小考
為什麼你最喜歡的女生永遠會喜歡上你最討厭的男生？
為什麼掉牙總是先掉門牙？
想通這些既渺小卻會影響人一輩子的問題，足以讓我成為大哲學家。
披頭立志要做世界足球王。
五毛立志要做世界棒球王。
狗仔立志要做世界羽球王。
討厭立志要做世界渾球王。

嘿，我偏要爬。
不准攀爬
嘿，我偏要踏。
不准踐踏
嘿，我偏要摘。
不准摘取
嘿，我偏要打。
不准體罰
鱷魚是冷血動物。
蛇是冷血動物。
烏龜是冷血動物。
我雖然是熱血動物，但卻經常被澆冷……

我成績優秀，以後
適合當科學家。
自己心中的配對。
我體育很強，以後
適合當運動員。
別人心中的配對。
我人際關係良好，以後適合當政
治家。
實際會發生的配對。
我整天罰站，以後適合當衛兵。
真實的世界總是讓人難受。

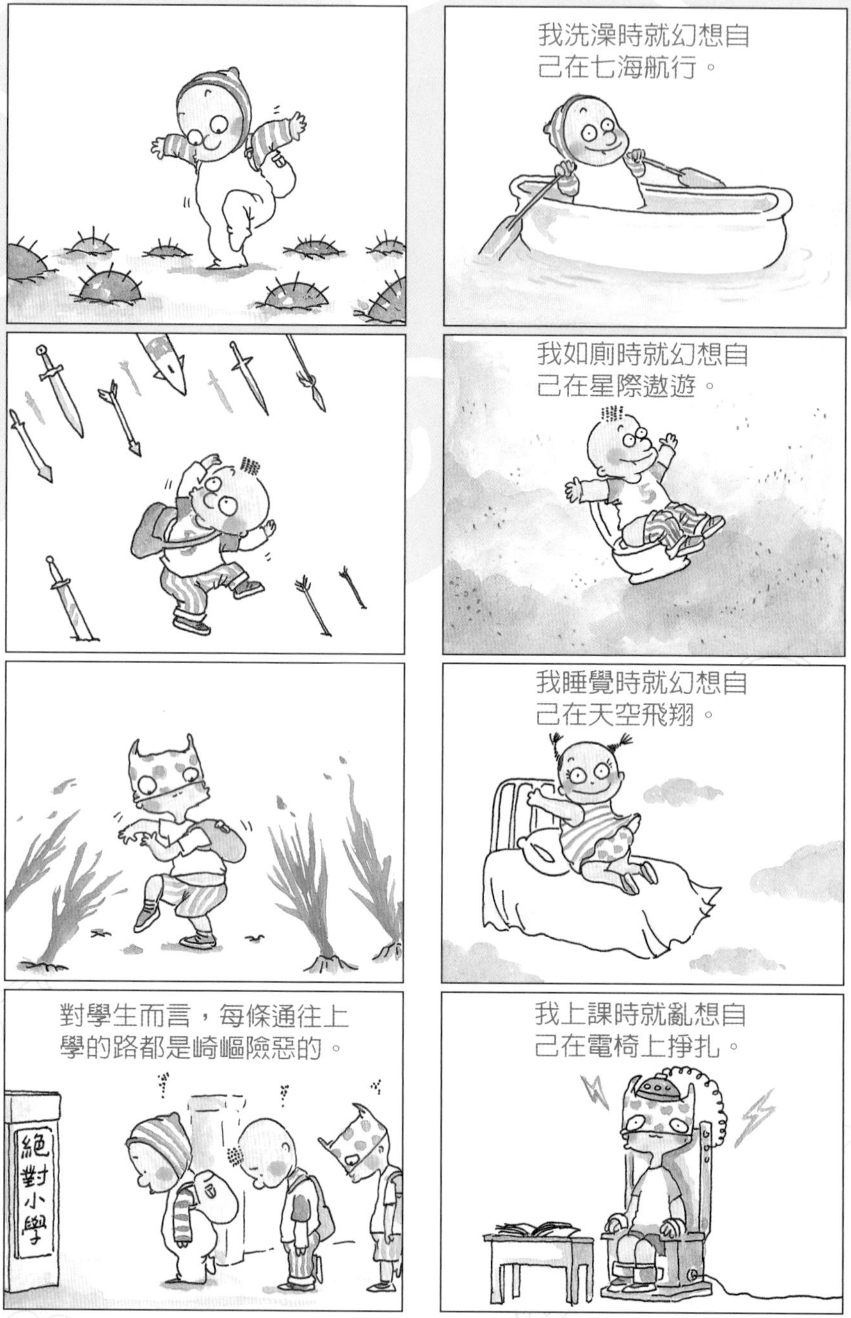
我洗澡時就幻想自
己在七海航行。
我如廁時就幻想自
己在星際遨遊。
我睡覺時就幻想自
己在天空飛翔。
對學生而言，每條通往上
學的路都是崎嶇險惡的。
絕對小學
我上課時就亂想自
己在電椅上掙扎。

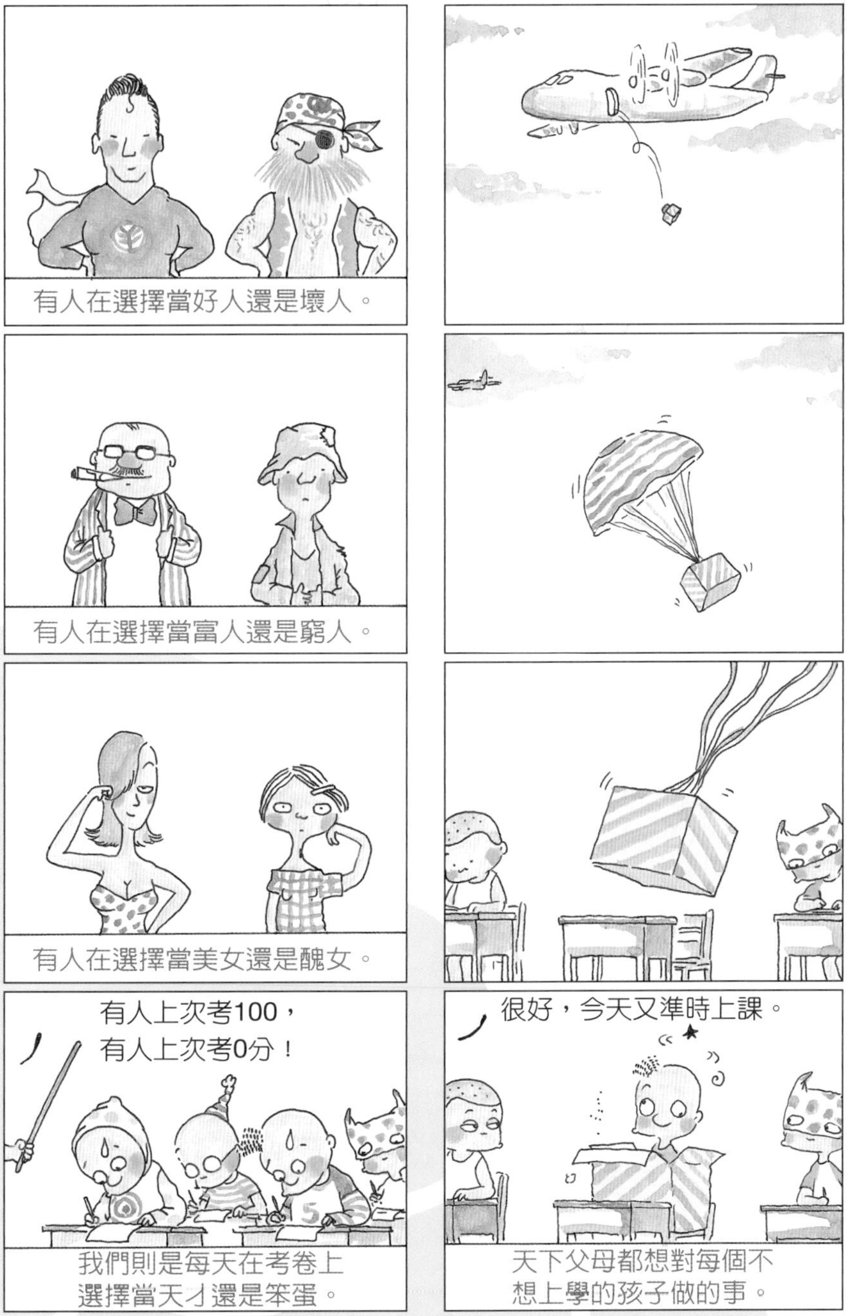

有人在選擇當好人還是壞人。
有人在選擇當富人還是窮人。
有人在選擇當美女還是醜女。
有人上次考100，
有人上次考0分！
我們則是每天在考卷上
選擇當天才還是笨蛋。
很好，今天又準時上課。
天下父母都想對每個不
想上學的孩子做的事。

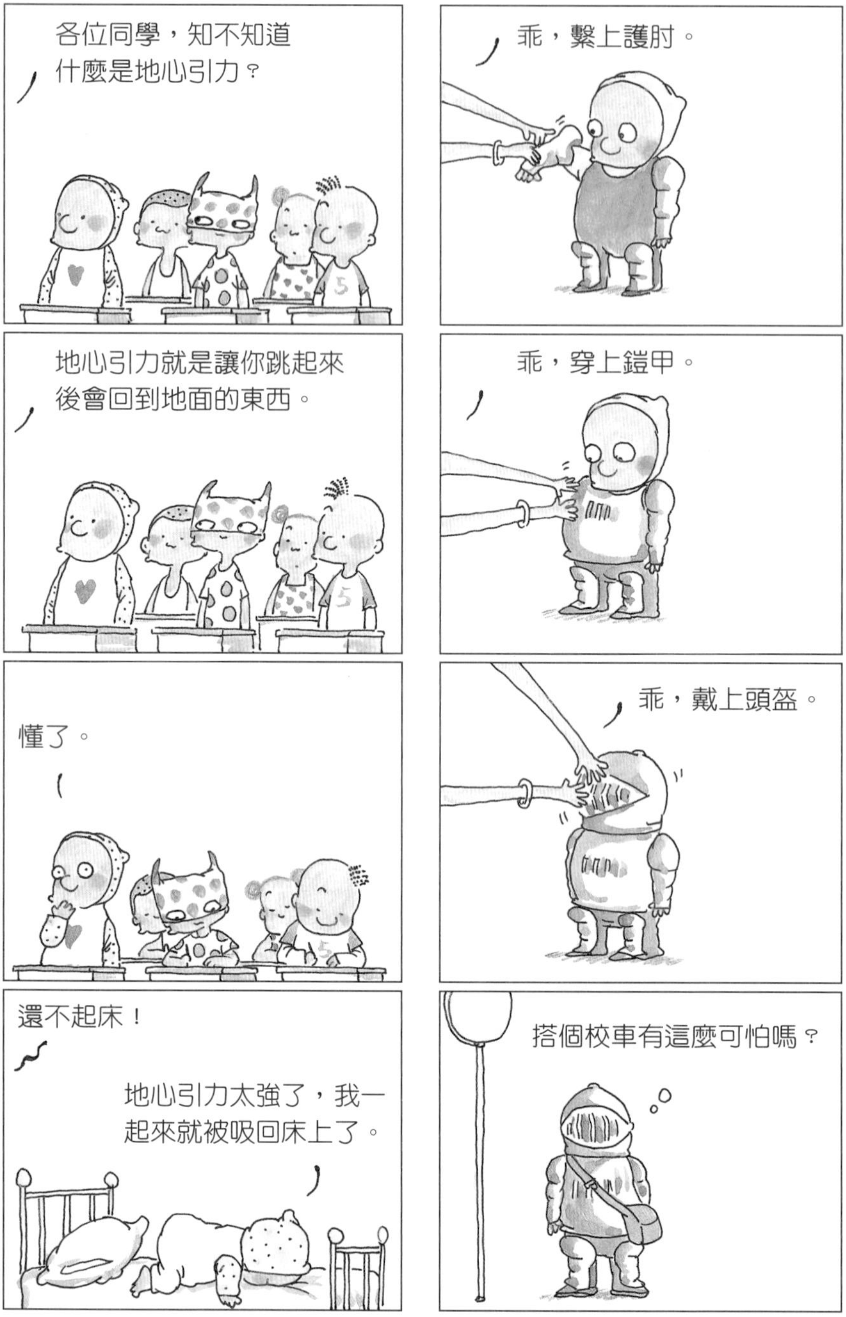
各位同學，知不知道什麼是地心引力？
地心引力就是讓你跳起來後會回到地面的東西。
懂了。
還不起床！
地心引力太強了，我一起來就被吸回床上了。
乖，繫上護肘。
乖，穿上鎧甲。
乖，戴上頭盔。
搭個校車有這麼可怕嗎？

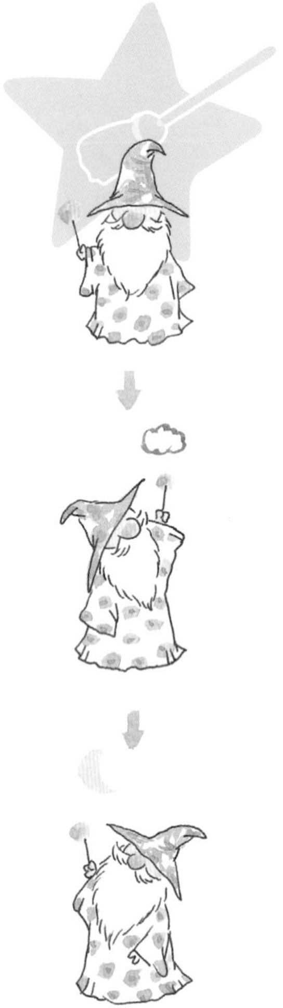

呼拉圈
游泳圈
甜甜圈
完了，今天兆頭不好，
一定會考0分……
絕對小學
噹……上課了。
教室

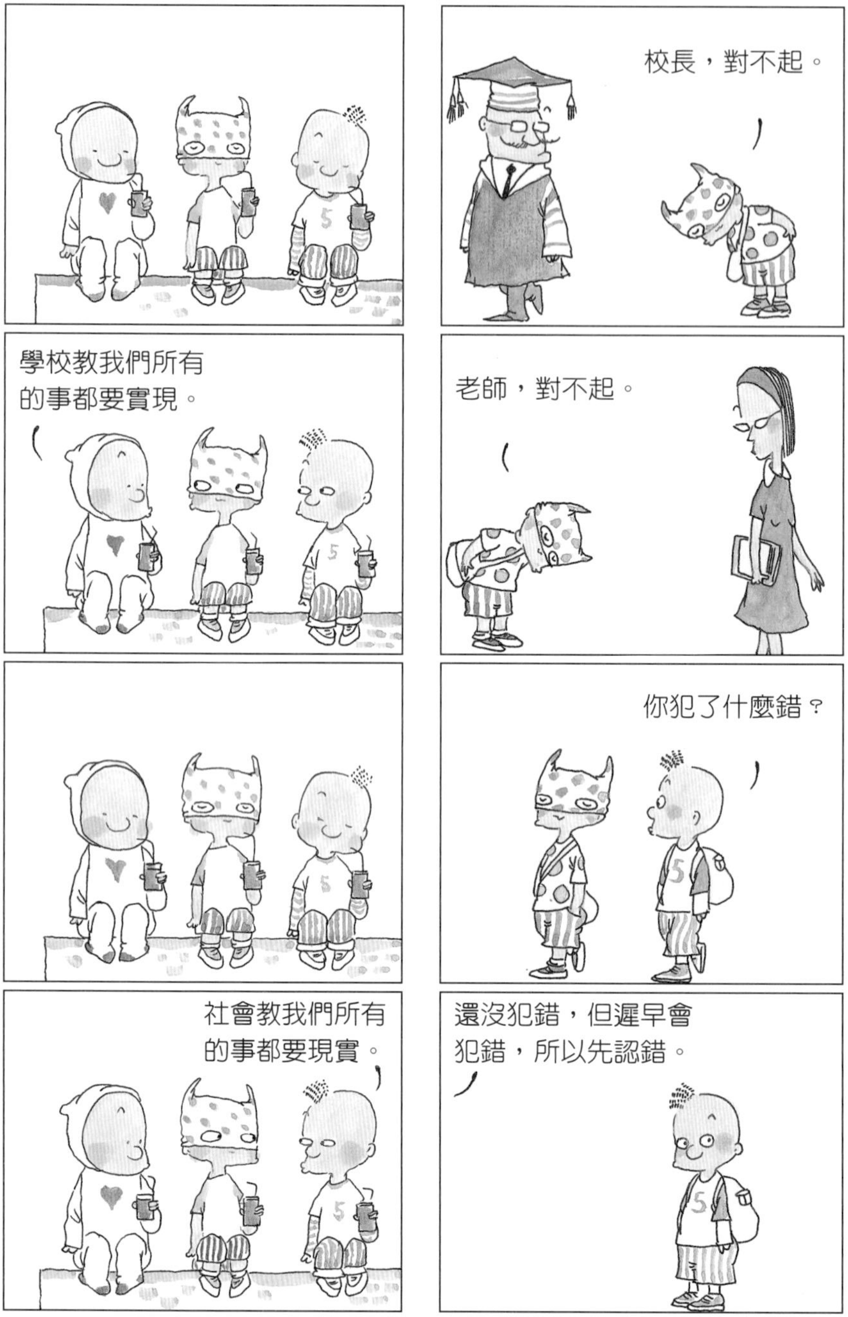

學校教我們所有的事都要實現。
社會教我們所有的事都要現實。
校長，對不起。
老師，對不起。
你犯了什麼錯？
還沒犯錯，但遲早會犯錯，所以先認錯。

小孩的人生很簡單：眼睛用來看耳朵用來聽嘴巴用來吃雙手用來玩。

小孩不需要思考，因為他們有最準確的直覺。

大人的世界是方塊，有稜有角。

小孩的世界是圓球，到處滾動沒有限制。

大人用管小孩來證明自己的存在。
小孩用不理會大人來證明自己的存在。
大人的焦慮是現實，小孩的焦慮是大人。
大人認為所有的過程都是為了目的而存在。
對小孩而言，所有的過程都只是為了玩耍。

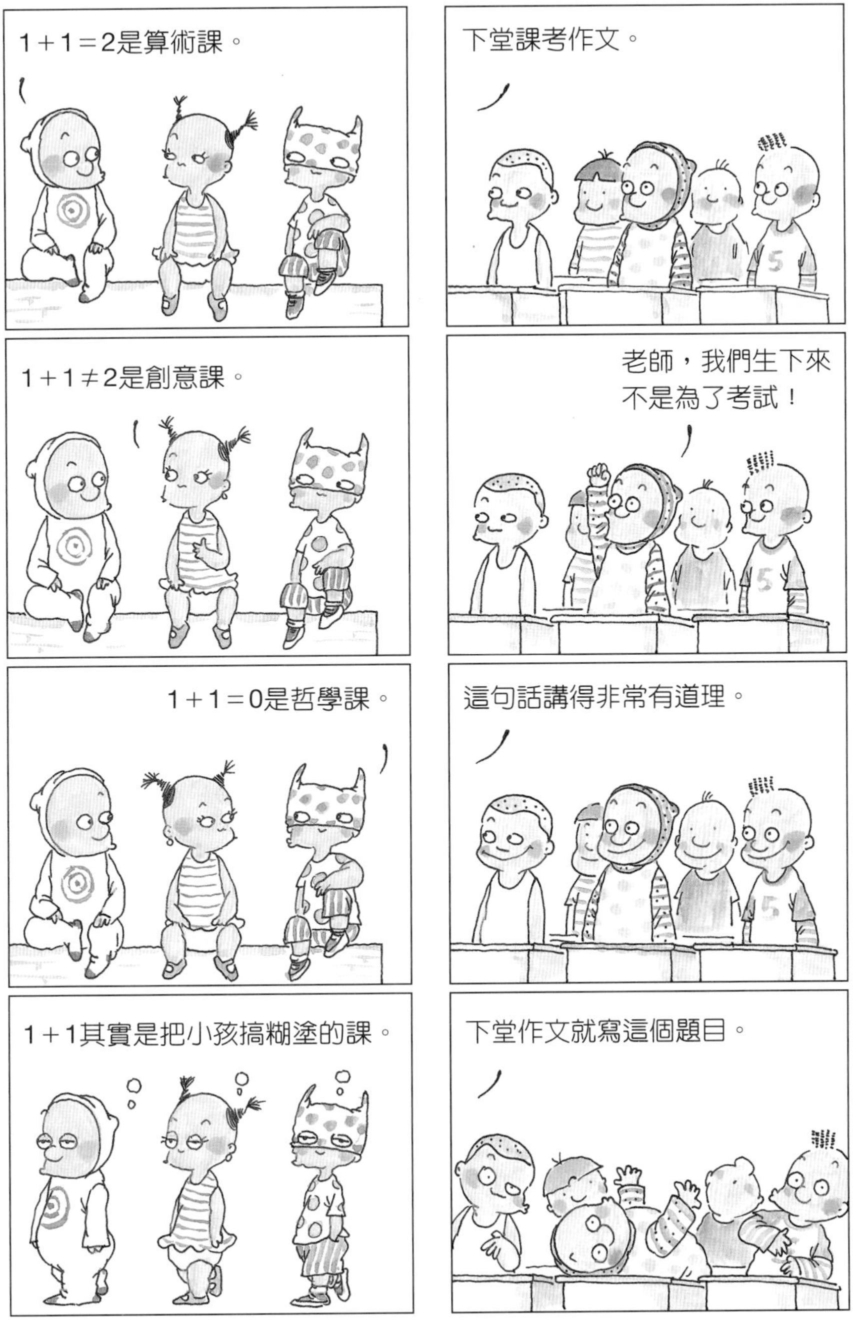
1＋1＝2是算術課。
1＋1≠2是創意課。
1＋1＝0是哲學課。
1＋1其實是把小孩搞糊塗的課。
下堂課考作文。
老師，我們生下來不是為了考試！
這句話講得非常有道理。
下堂作文就寫這個題目。
5

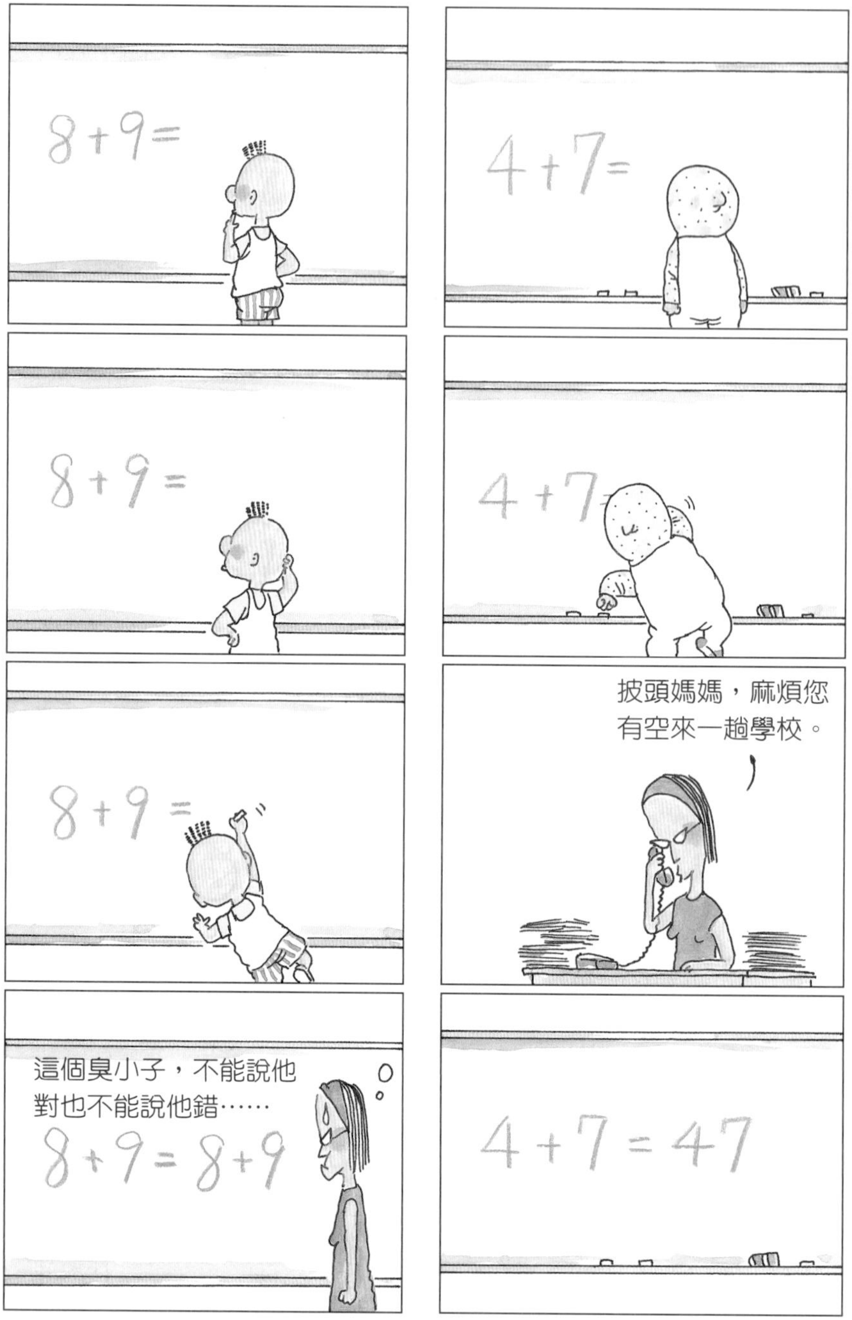
8+9=
4+7=
8+9=
4+7=
8+9=
披頭媽媽，麻煩您
有空來一趟學校。
這個臭小子，不能說他
對也不能說他錯……
8+9=8+9
4+7=47

大人小孩呸

當一個小孩手中握著一枝筆，他就會畫出全世界。

當一個大人手中握著一枝筆，他就會畫出人生規劃表。

小孩深信所有的東西都是魔法變的除了考試。

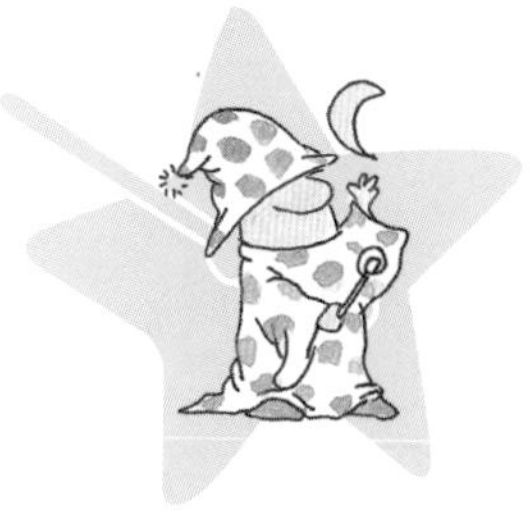

大人小孩呸

小孩心中對這個世界有十萬個為什麼，父母只有一個：就是為什麼小孩沒有考第一名？

父母總想幫小孩規劃人生，小孩只想創造人生。

每個小孩天生都是天才，是大人把小孩在後天的過程中弄成蠢才。

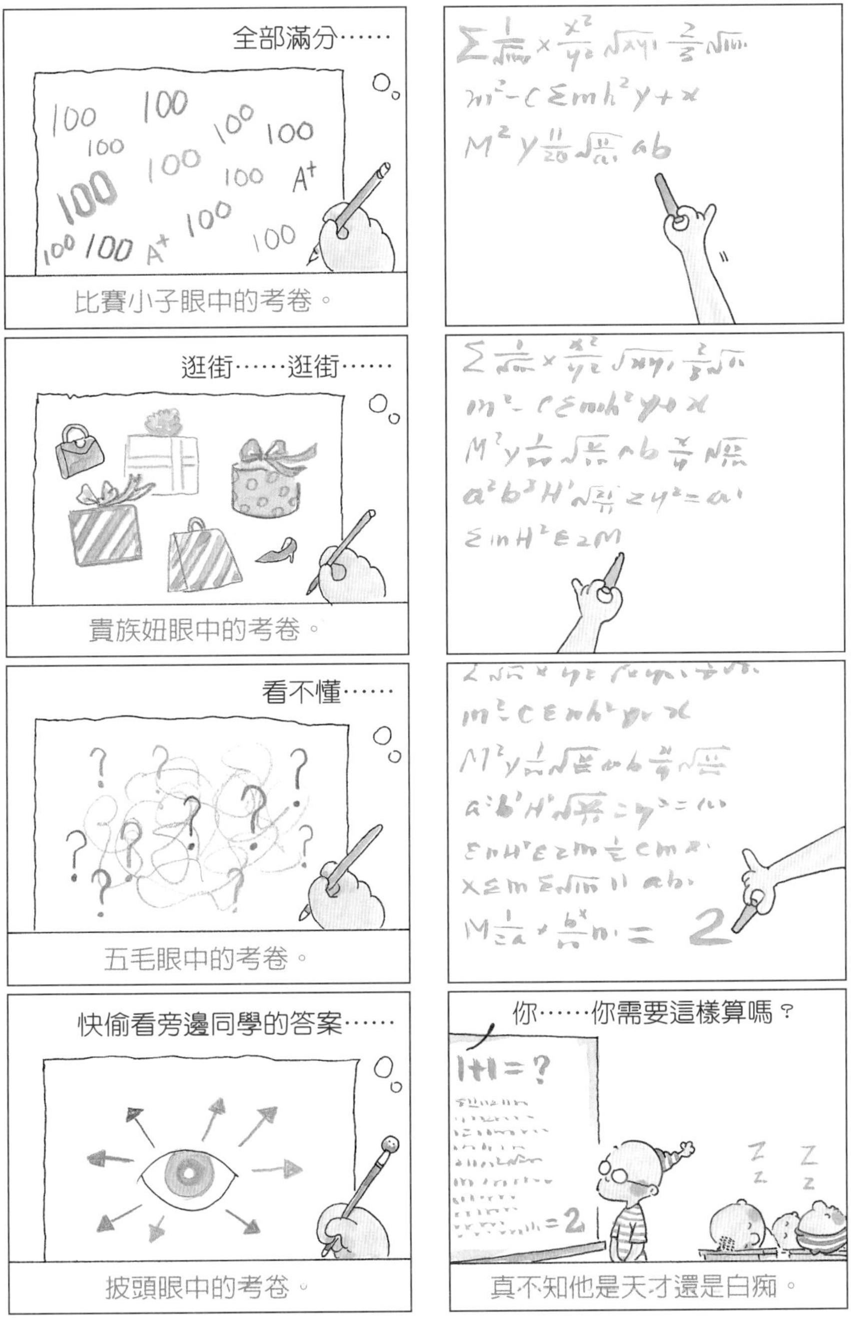

全部滿分……
比賽小子眼中的考卷。
逛街……逛街……
貴族妞眼中的考卷。
看不懂……
五毛眼中的考卷。
快偷看旁邊同學的答案……
披頭眼中的考卷。
你……你需要這樣算嗎？
1+1=?
真不知他是天才還是白痴。

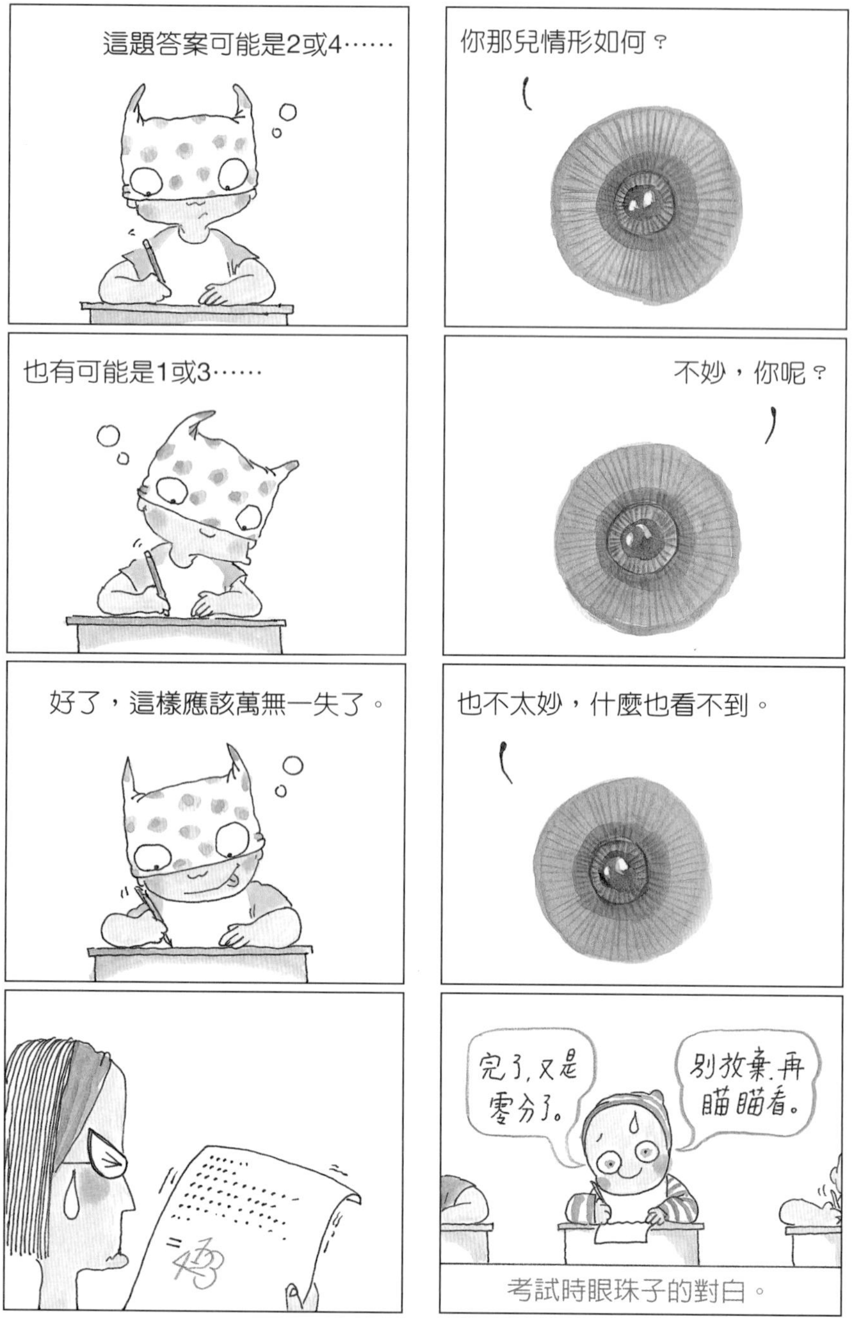
這題答案可能是2或4……
你那兒情形如何？
也有可能是1或3……
不妙，你呢？
好了，這樣應該萬無一失了。
也不太妙，什麼也看不到。
完了，又是零分了。
別放棄，再瞄瞄看。
考試時眼珠子的對白。

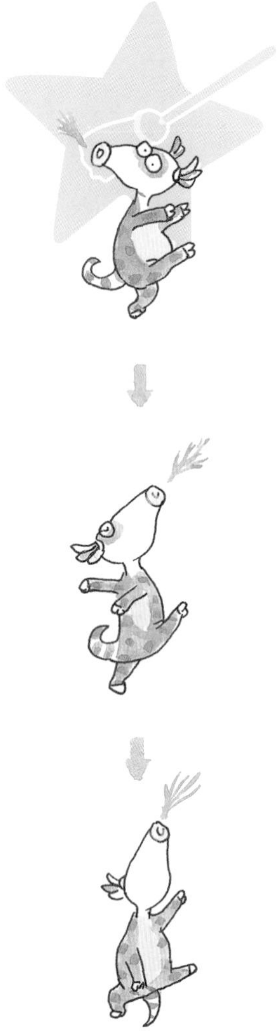

我想變成超人！
我想變成蝙蝠人！
我想變成蜘蛛俠！
我想變成隱形人……
每次發成績，他都想變成隱形人。
啪……
打了3下又再加3下，你剛才被打了幾下？
6下。
很好，以後3＋3＝6你就會了。
還好沒教30＋30等於多少……

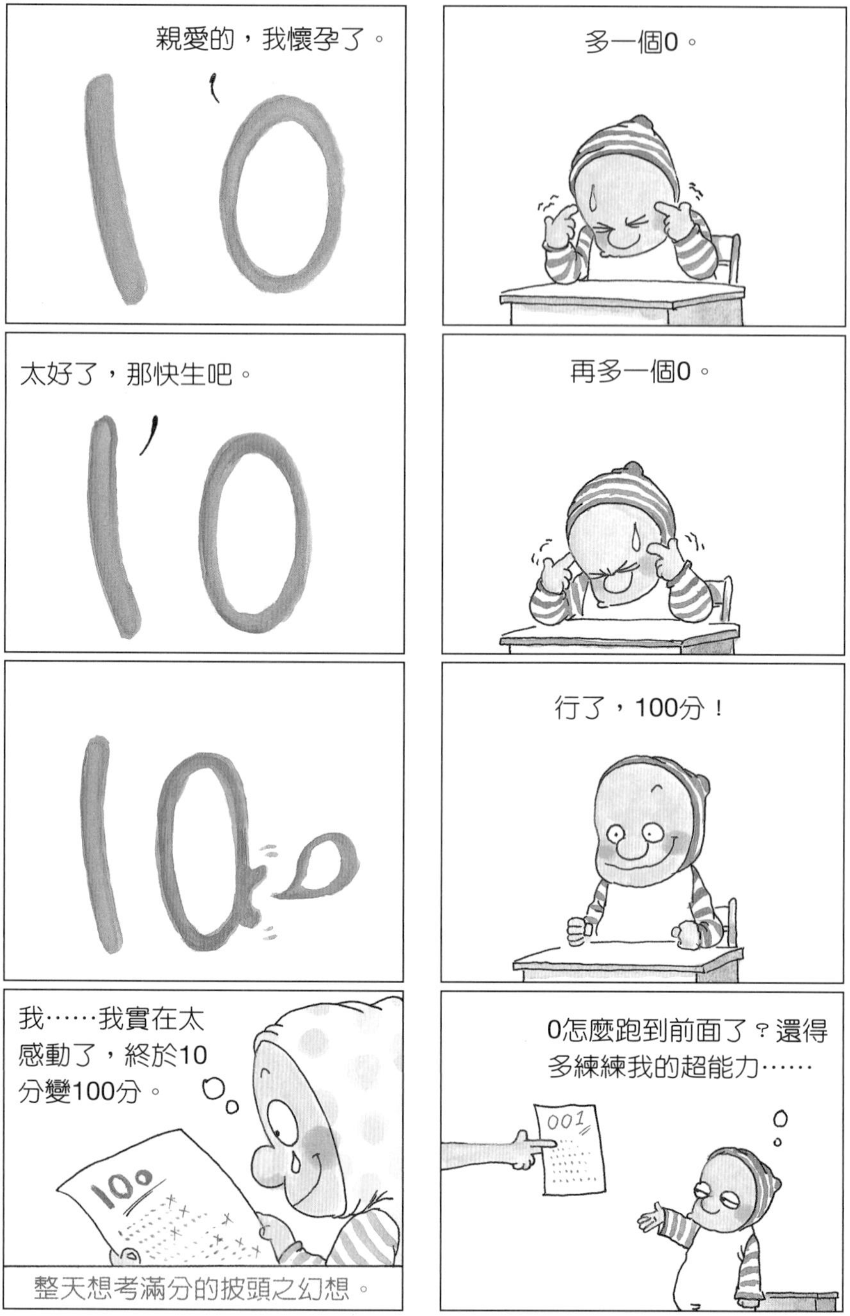
親愛的，我懷孕了。
太好了，那快生吧。
我……我實在太感動了，終於10分變100分。
100
整天想考滿分的披頭之幻想。
多一個0。
再多一個0。
行了，100分！
0怎麼跑到前面了？還得多練練我的超能力……
001

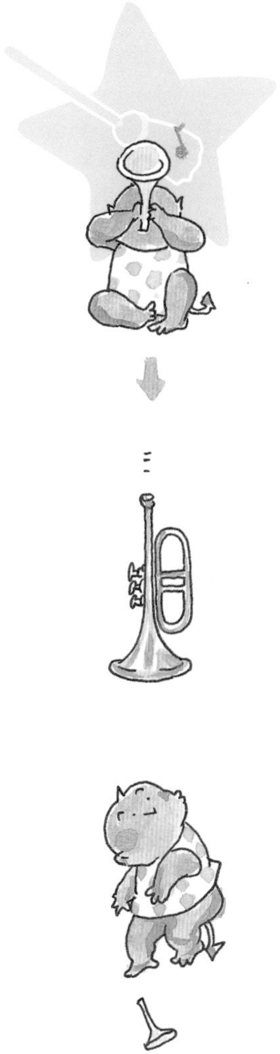

35117×5637
197954529
793390＋499156
1292546
994788÷6837
145.5
一包11元，我
該找你多少錢？
這麼簡單的題，不會算了……

笨和傻有什麼不同？
會問這問題的人就是笨。
有道理，那傻呢？
會相信這答案的人就是傻。

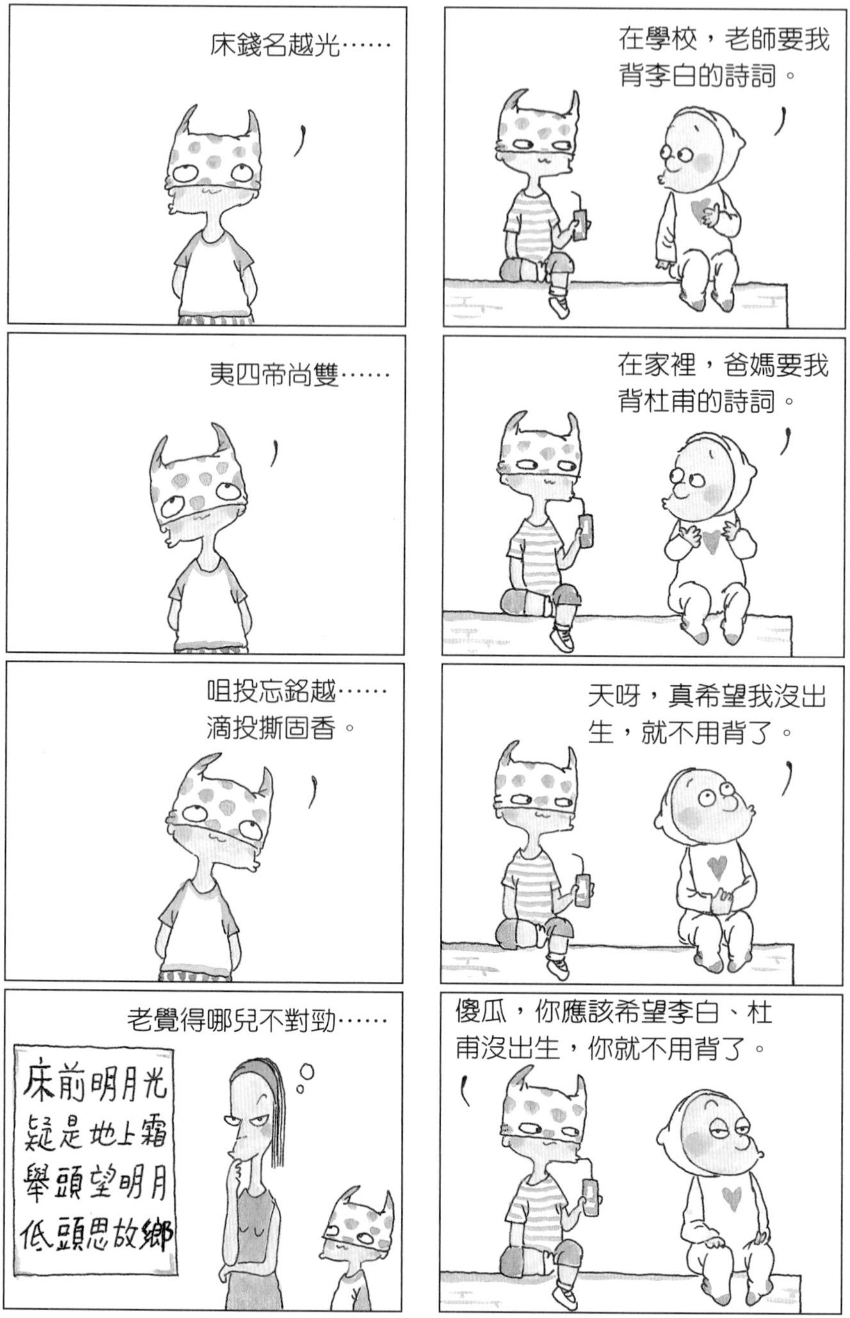

床錢名越光……
朿四帝尚雙……
咀投忘銘越……
滴投撕固香。
老覺得哪兒不對勁……
床前明月光
疑是地上霜
舉頭望明月
低頭思故鄉
在學校，老師要我背李白的詩詞。
在家裡，爸媽要我背杜甫的詩詞。
天呀，真希望我沒出生，就不用背了。
傻瓜，你應該希望李白、杜甫沒出生，你就不用背了。

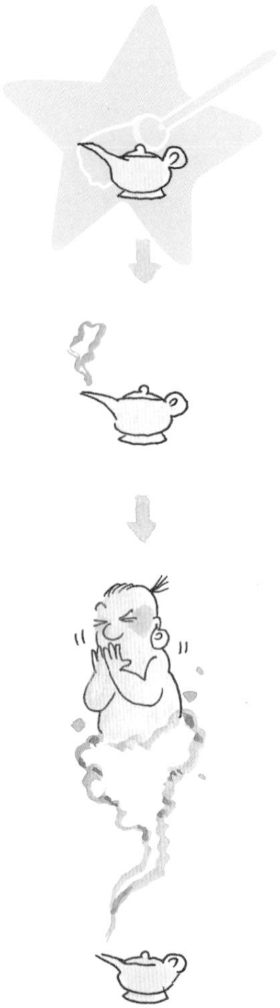

考60分的人加油就能
把考70分的人幹掉。
考70分的人加油就能
把考80分的人幹掉。
考80分的人加油就能
把考90分的人幹掉。
考100分的人加油就能把別
班考100分的人幹掉，我就
可以把他們老師幹掉！

有業績壓力的可怕老師。

這樣考100分。
這樣考也是100分。
看你這樣怎麼考100分！

怎麼考都是100分的比賽小子。

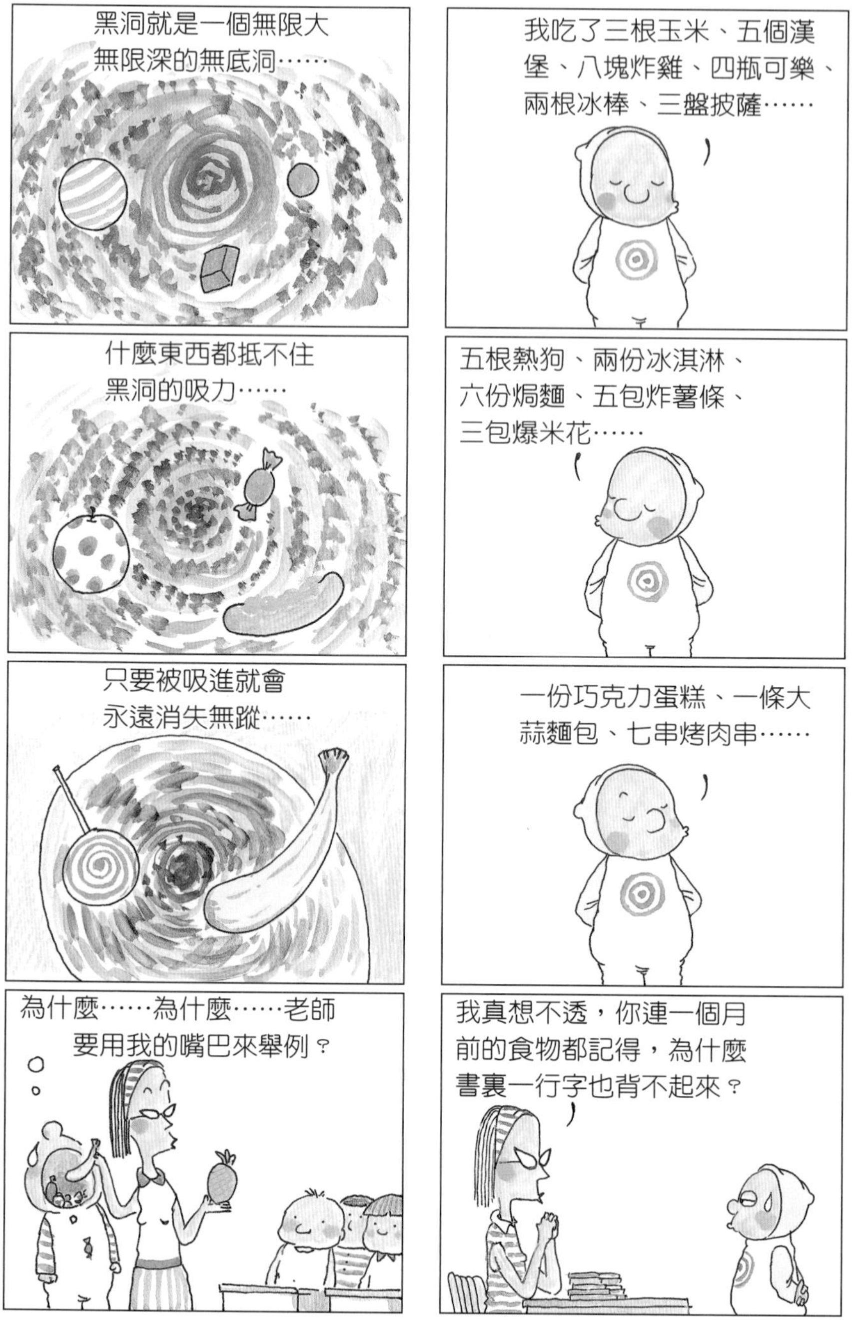
黑洞就是一個無限大
無限深的無底洞……
什麼東西都抵不住
黑洞的吸力……
只要被吸進就會
永遠消失無蹤……
為什麼……為什麼……老師
要用我的嘴巴來舉例？
我吃了三根玉米、五個漢
堡、八塊炸雞、四瓶可樂、
兩根冰棒、三盤披薩……
五根熱狗、兩份冰淇淋、
六份焗麵、五包炸薯條、
三包爆米花……
一份巧克力蛋糕、一條大
蒜麵包、七串烤肉串……
我真想不透，你連一個月
前的食物都記得，為什麼
書裏一行字也背不起來？

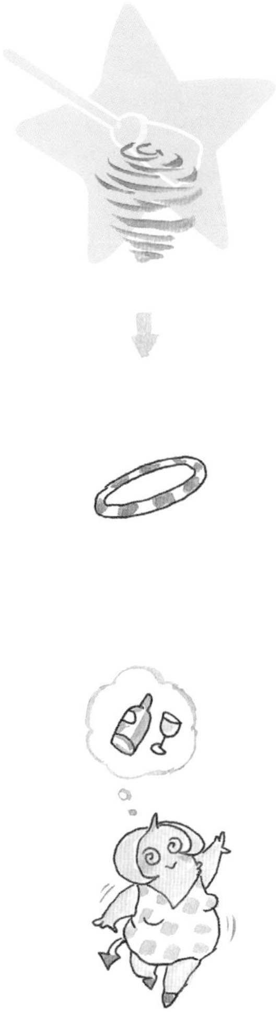

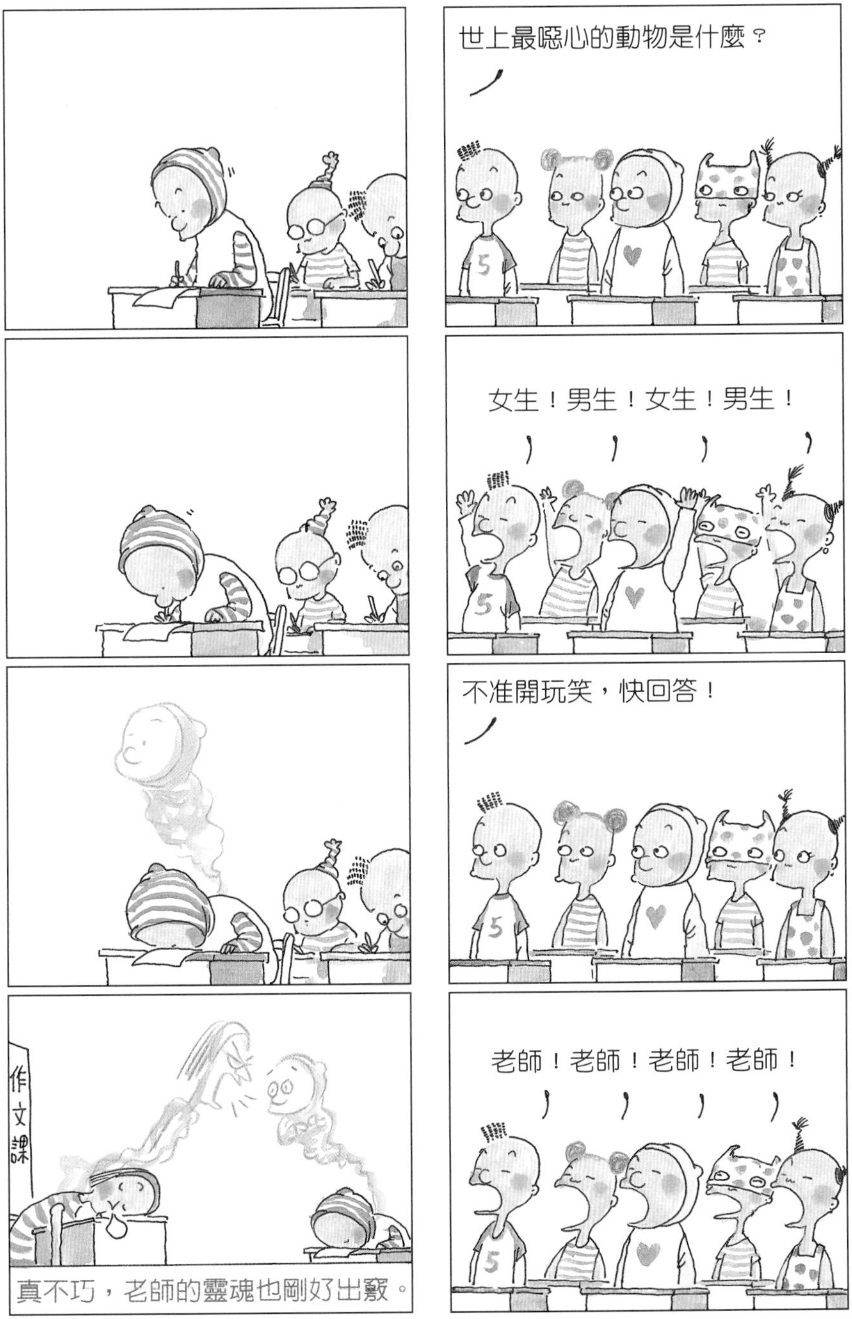

世上最噁心的動物是什麼？
女生！男生！女生！男生！
不准開玩笑，快回答！
老師！老師！老師！老師！
作文課
真不巧，老師的靈魂也剛好出竅。

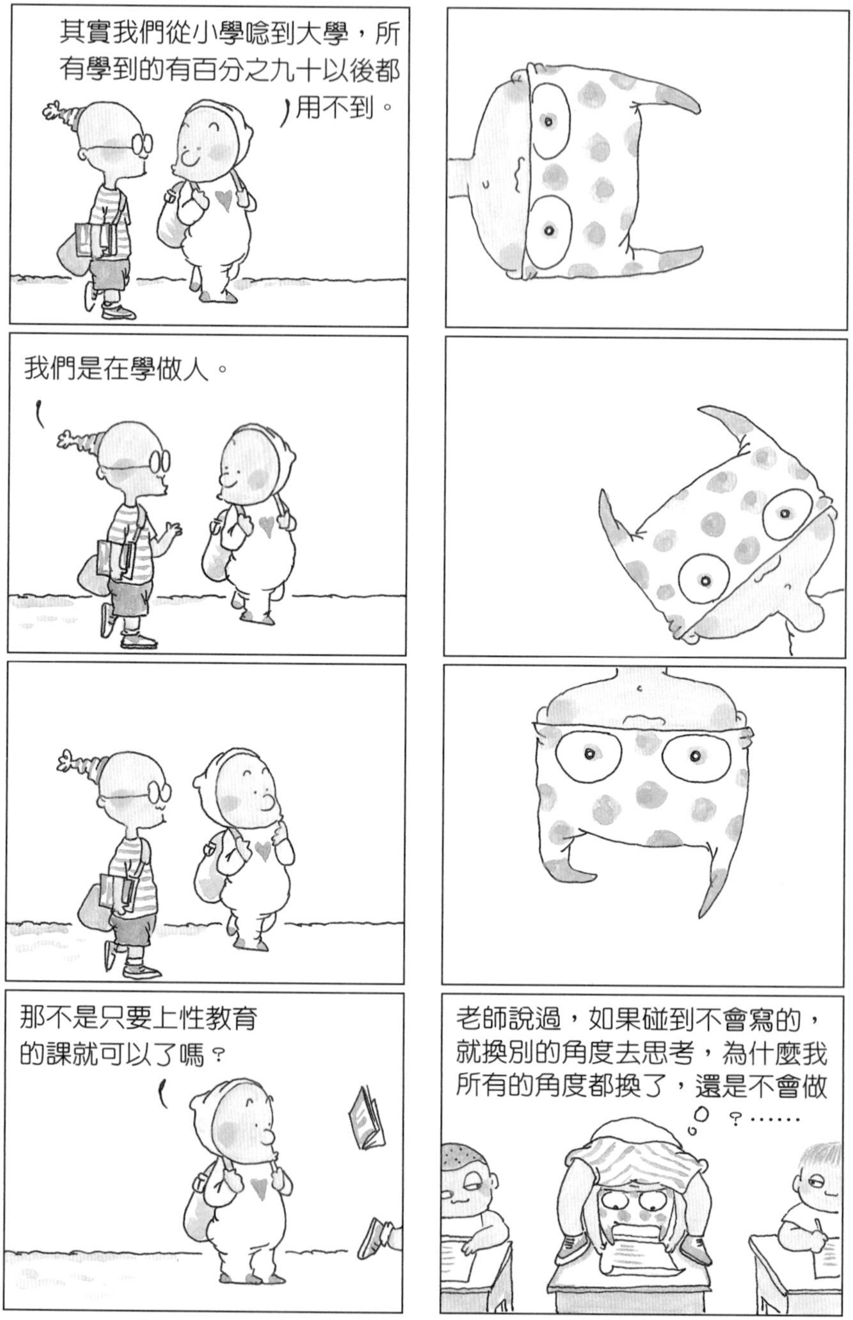

到底天堂在哪裡地獄又在哪裡？

其實對有些孩子而言，天堂就在零食店裡，地獄就在教室裡。

本來每個小孩都是獨一無二的，直到學校教育把他們放入同一個容器中。

周一考算術，周二考英文。
周三考國文，周四考歷史。
周五考地理，周六補習，周日再補習。
怪不得孩子的想像力都被考掉了。
小孩擁有魔法，老師擁有磨法。

生活習慣這麼壞，去廁所尿！
你故意的，我要告訴老師！
你故意的，我要告訴老師！
你應該不是故意的，
我還是先告訴醫生吧……

你到底喜不喜歡我？
嗯，喜不喜歡妳是一個哲學問題。
我讓你變成醫學問題。
以後不跟女生鬥嘴了……

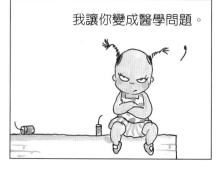

考滿分的孩子和考零分的孩子沒有什麼差別，但考滿分孩子的父母和考零分孩子的父母對他們就會有差別。

有時候孩子的天份是父母無法想像的，有時候父母的沒有天份也是孩子無法預料的。

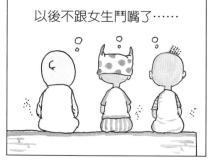

考試不是測試小孩聰明與否的唯一方法，只是對老師和父母最簡單的方法。

每個小孩都帶著一顆純真的心來到這世界，直到長大以後變成一顆競爭的心。

什麼都可以貶值，小孩的玩心不能貶值。

失敗為成功之母。
那成功的爸爸是誰？
沒有爸爸！失敗就是成功的媽媽。
哦，原來成功是私生子……
我的志願是登上月球。
哇，披頭終於下定目標做一位太空人。
那為什麼你會想去月球？
人的體重在月球只有地球的六分之一，所以我還能再多吃點。

考試不及格——罰站。
上課不專心——罰跪。
作業忘了交——罰蹲。
罰站時不好好罰站——罰跳。
老師唯一有的想像力就是處罰。
你們要努力讀書，讓自己的成績一天比一天好。
在以後每一階段都要考上最好的學校。
否則就會「少壯不努力，老大徒傷悲！」
反正我排行老二，以後傷悲的是老大。

你們不好好上課，
跑到哪裏去了，給
我罰站！
你們不好好罰站，
跑到哪裏去了！
狗仔被老師擊中畫面之慢動作分解。

只有我們小孩自己撥了遊戲和想像發條。

這是個發條時代。每個大人都被撥上了生活和成功發條。

想像什麼都想像
翻轉精靈定律

如果夏天才下雪，這樣不是很好嗎？又可以玩雪又不用擔心感冒。
如果地球反過來旋轉，這樣不是很好嗎？只是把月亮都搞糊塗了。
如果遇到傷心的事，時間就飛快逝去，遇到開心的事，時間就暫停，
這樣不是很好嗎？如果大人都給小孩管，一切會不會更好玩呢？
總之，所有的事情都可以翻轉過來，這個世界才不會太無趣呀。

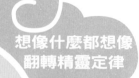

乖不乖小精靈定律

誰規定一年只有三百六十五天？誰規定一天只有二十四個小時？誰規定太陽一定從東邊升西邊落？

誰規定一年只有四季？

誰規定小孩一定要遵守大人給的規定？

笨笨小精靈定律

周一是做夢日，周二是玩具日，周三是糖果日，周四是遊戲日。周五是畫圖日，周六是懶惰日，周日是發呆日。

好可惜每周沒有多一天用做讀書日？我去找聰明小精靈問他，結果他想的和我一樣呢。

唱反調小精靈定律

矮的才是高的，胖的才是瘦的。黑的才是白的，哭的才是笑的。上的才是下的，硬的才是軟的，冷的才是熱的。

唉，真麻煩，我怎麼老是唱反調呢？

哈哈，沒關係，反的才是正的。

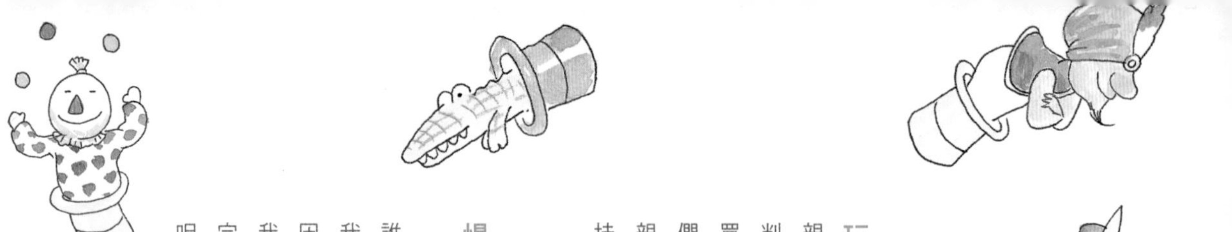

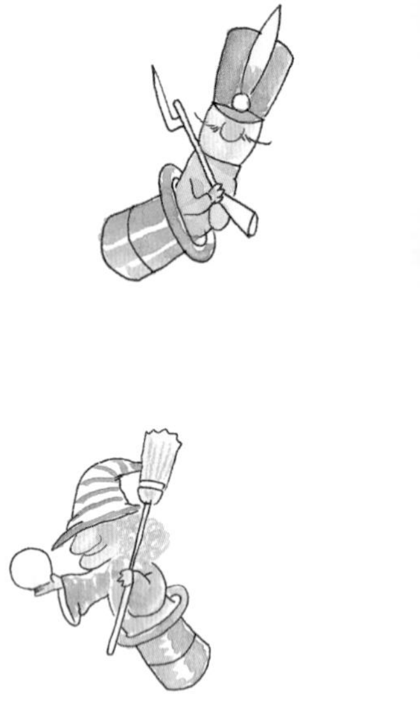

玩氣象小精靈定律

親愛的爸爸們，今天的天氣會讓你們頭暈腦脹失去判斷力。親愛的媽媽們，今天的溫度會讓妳們有亂買東西的衝動。親愛的老師們，今天的溼度會讓你們上課昏昏欲睡。

親愛的小孩們，別擔心天氣、溫度和溼度，只要保持童心，這些都影響不了你們。

慢慢小精靈定律

一分鐘可以是三千八百秒，也可以是六千二百秒，誰說一分鐘就只能是六十秒？

我每天用想像翅膀飛翔，但我飛得很慢。

因為一分鐘我可以塗完所有花瓣上的顏色，兩分鐘我可以數完所有雲朵下的雨滴，三分鐘我可以曬完所有星星月亮和太陽的光芒。你說我是慢還是快呢？

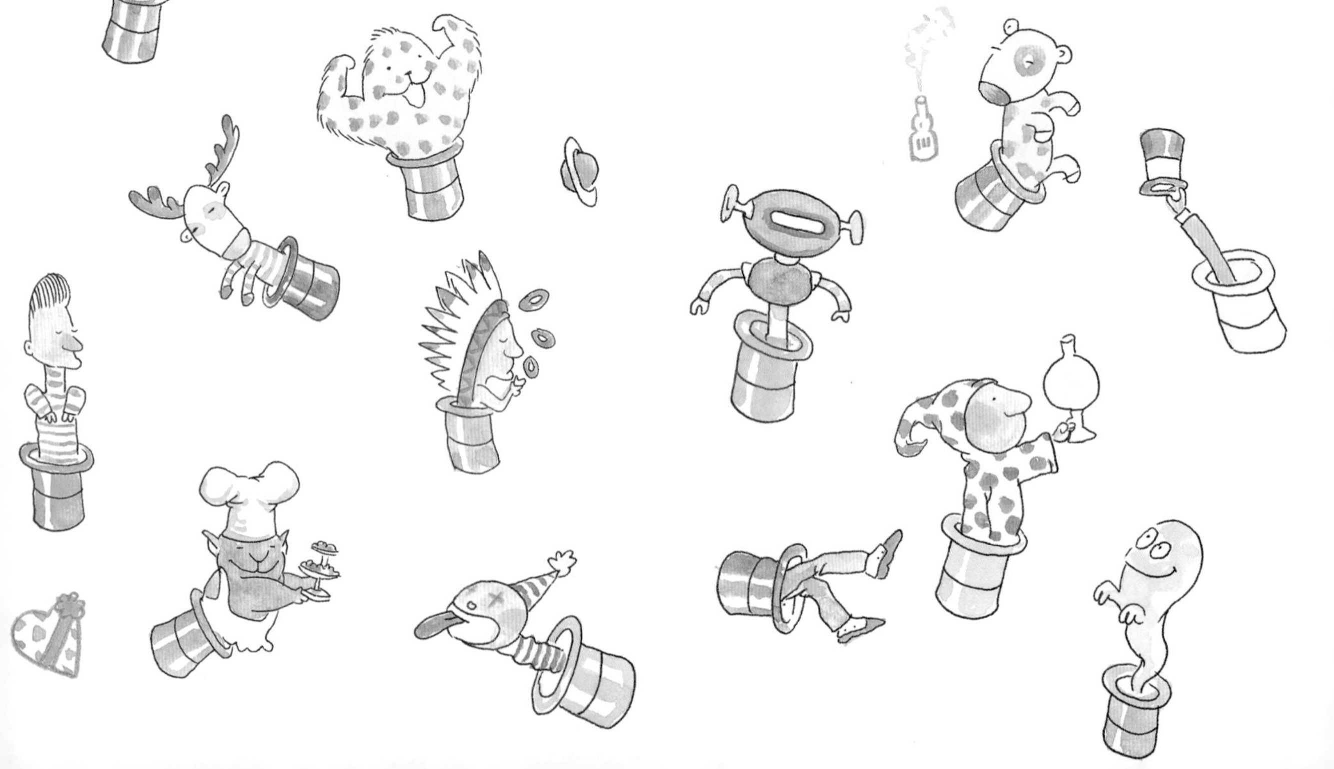

造邏輯小精靈定律

為什麼天空是藍的，雲層是白的？因為要把各種彩色讓給花朵啊。為什麼水是透明的，夢是彩色的？因為要讓小孩們攪亂自己照在水面的影子變成好玩的夢的碎片啊。

那為什麼地球是圓的不是方的？原來就只為了我們在每一個地方都可以看到七種顏色的彩虹啊。

掉螺絲小精靈定律

變呀變，變呀變。

咦？怎麼變出的兔子沒耳朵？喲？怎麼變出的大象沒鼻子？唉呀，一定是我的魔法棒螺絲又掉了……。修呀修，拴呀拴，終於鎖緊了。

變呀變，變呀變。

哇，怎麼想變出天鵝卻變出鴨子？呀，為什麼想變出蛋糕結果跑出來饅頭？咿喔，一定又是魔法世界哪兒螺絲鬆了。修呀修，拴呀拴，這次總該沒問題了吧。

算術小精靈定律

把所有的糖果乘以4，把所有的玩具加上3，把全部功課除以5，把爸媽老師的嘮叨減到0。這就是我教小孩們的算術。

一罐糖和一顆糖比起來差別很大，最後一名和第一名差別很小——大人都喜歡要小孩做算術，這樣不是最快樂的算術嗎？

有沒有小精靈定律

小孩只看見自己擁有的，大人只看見自己沒擁有的。小孩擁有的，大人看不上，大人沒擁有的，就會希望小孩努力幫他們擁有。人類世界怎麼這麼累？

在我們精靈世界，有沒有是一樣的。因為，今天你還記得，明天你就忘了。後天你剛忘記，明天你又記得了。

綁彩虹小精靈定律

我每玩一天我的時間就多出一天，我每過一歲我的年齡就變小一年。所以我每分鐘都在尋找魔法的七彩絲線，然後到天空每一朵雲上、小孩每一個夢裡，拿來最自由的想像和最純粹的快樂，把絲線綁在一起，從世界的這一頭到另一頭，搭出最漂亮的彩虹橋。

第3章

世界轉一轉

哇，
我不要再考100分了！

我在這兒！
我在這兒！！
大人從不理睬小孩，
只踩小孩……
被大人圍繞的世界
真的很可怕……

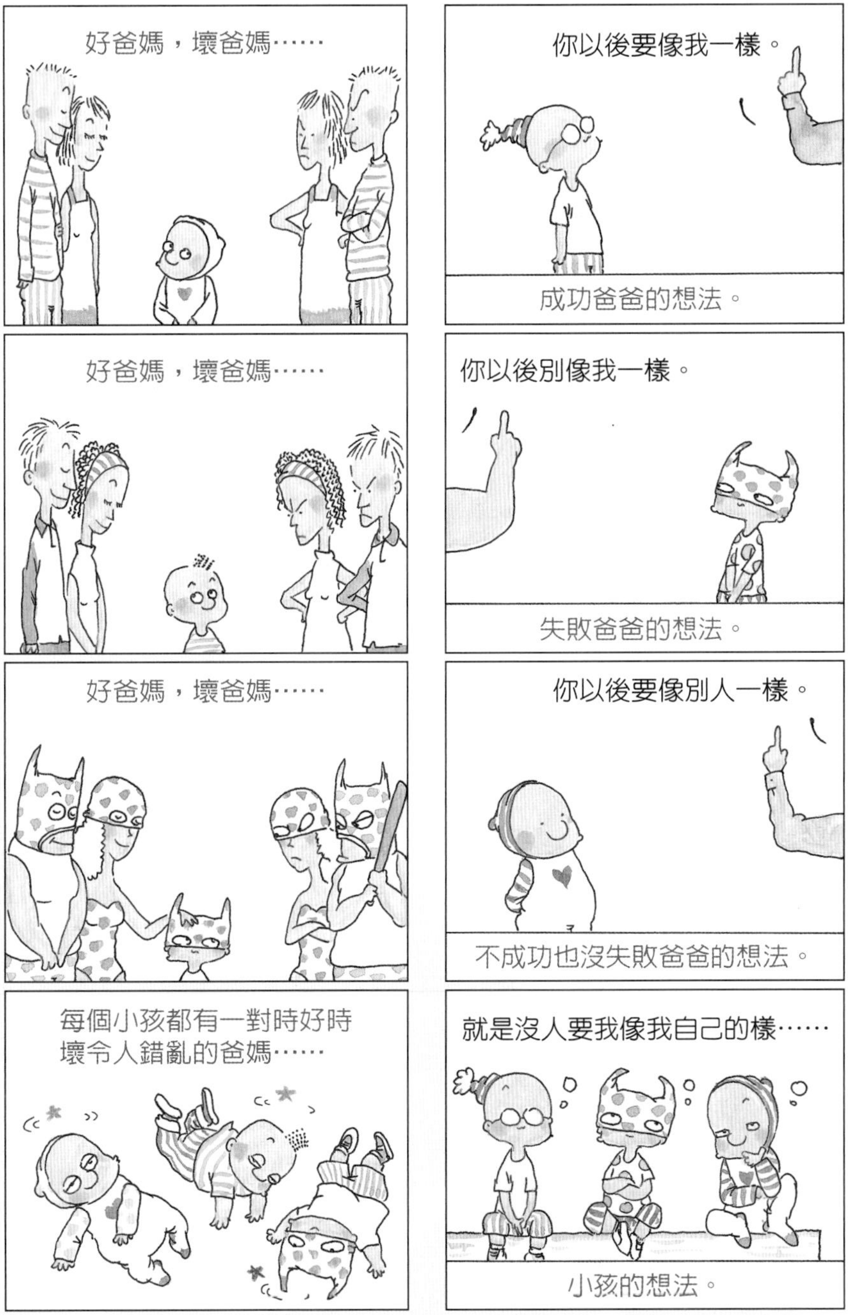
好爸媽，壞爸媽……
你以後要像我一樣。
成功爸爸的想法。
好爸媽，壞爸媽……
你以後別像我一樣。
失敗爸爸的想法。
好爸媽，壞爸媽……
你以後要像別人一樣。
不成功也沒失敗爸爸的想法。
每個小孩都有一對時好時
壞令人錯亂的爸媽……
就是沒人要我像我自己的樣……
小孩的想法。

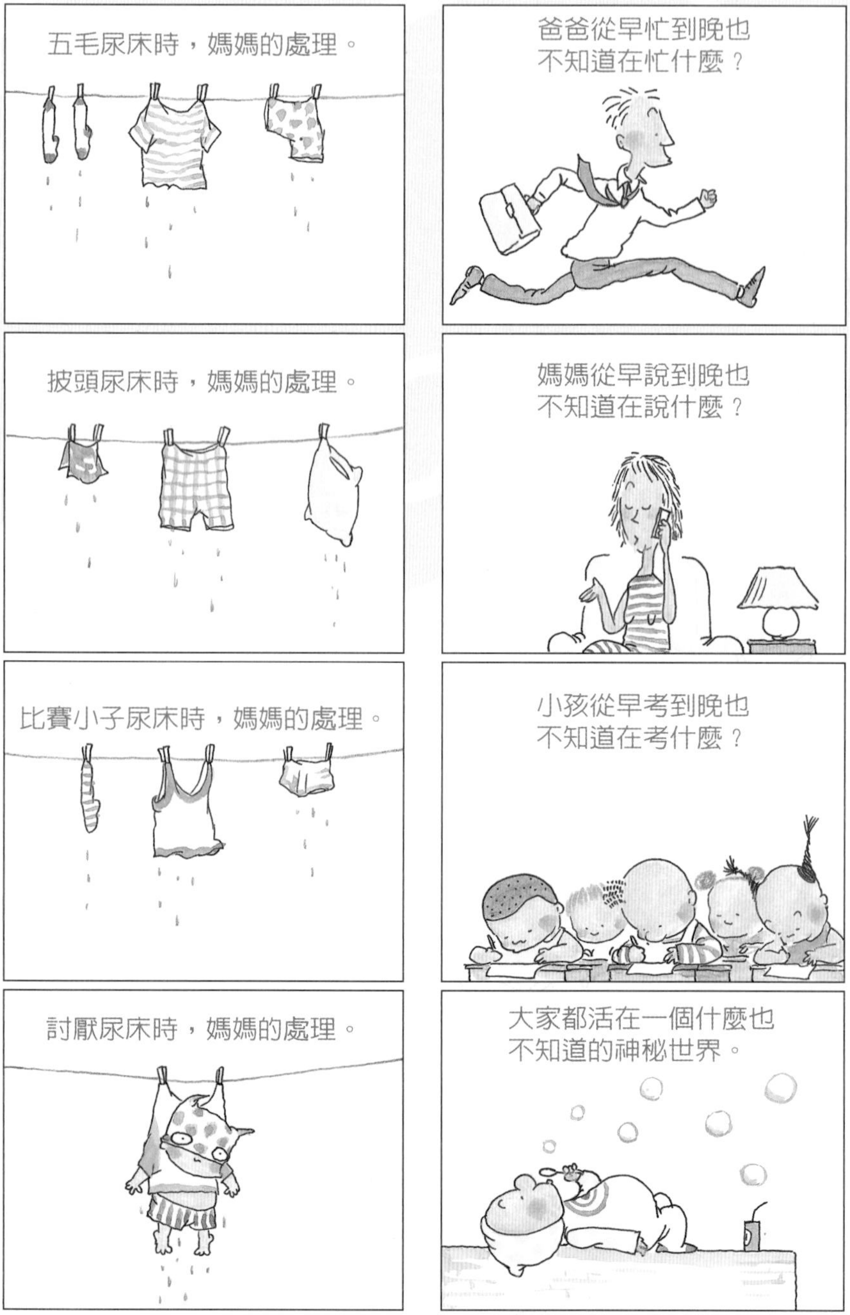
五毛尿床時，媽媽的處理。
爸爸從早忙到晚也
不知道在忙什麼？
披頭尿床時，媽媽的處理。
媽媽從早說到晚也
不知道在說什麼？
比賽小子尿床時，媽媽的處理。
小孩從早考到晚也
不知道在考什麼？
討厭尿床時，媽媽的處理。
大家都活在一個什麼也
不知道的神秘世界。

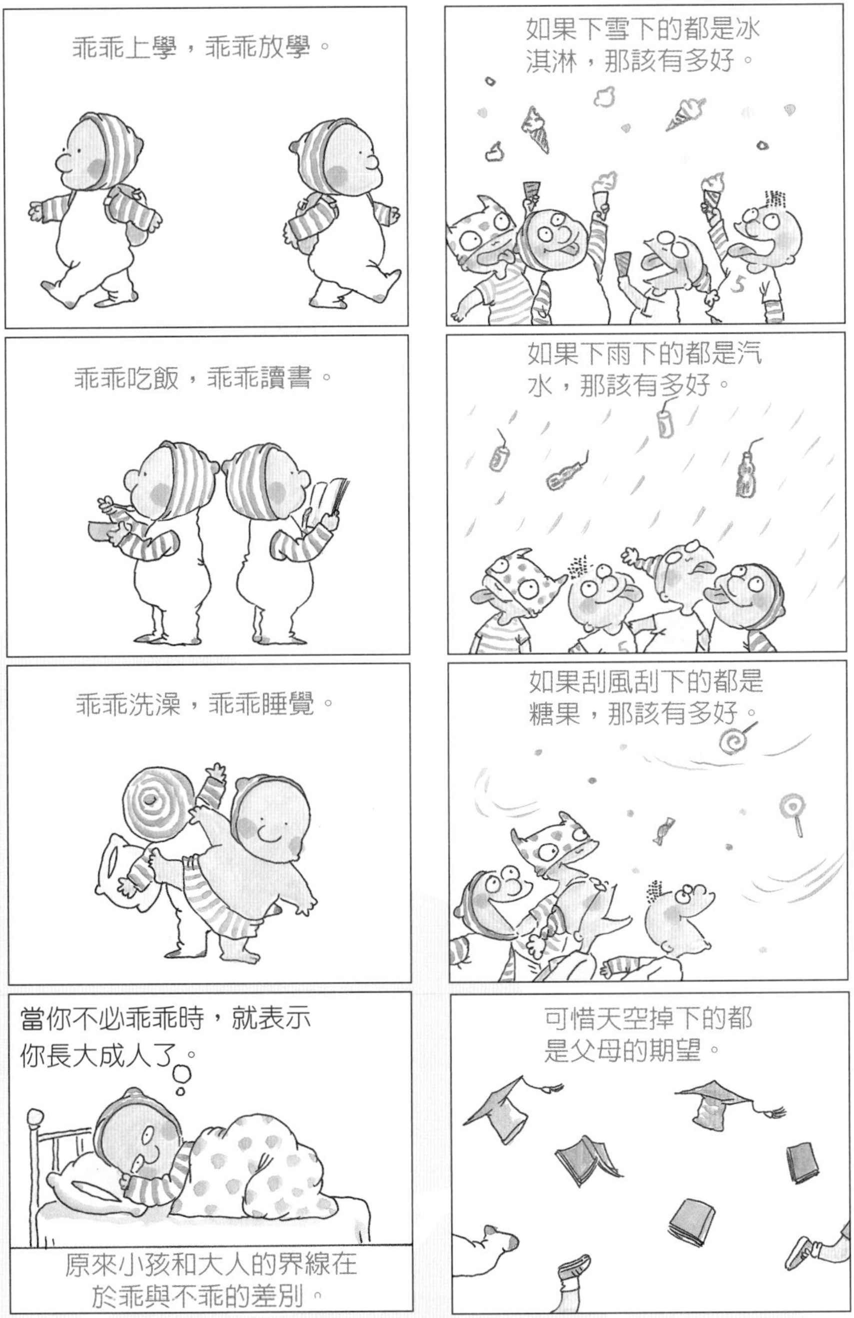
乖乖上學，乖乖放學。
乖乖吃飯，乖乖讀書。
乖乖洗澡，乖乖睡覺。
當你不必乖乖時，就表示你長大成人了。
原來小孩和大人的界線在於乖與不乖的差別。
如果下雪下的都是冰淇淋，那該有多好。
如果下雨下的都是汽水，那該有多好。
如果刮風刮下的都是糖果，那該有多好。
可惜天空掉下的都是父母的期望。

這不是小孩的毅力。
這不是小孩的毅力。
這不是小孩的毅力。
這才是小孩的毅力。
別貪心,你已經不肯鬆手三小時了。
抓多少算多少!一次2元
狂風是風神在咆哮的時候。
閃電是雷神在生氣的時候。
暴雨是雨神在抗議的時候。
考試是大人在整小孩的時候。

你以後要
做企業家。
是的，爸爸。
你以後要做
科學家。
是的，媽媽。
你以後要
做太空人。
是的，老師。
太陽只有一個，月亮只有一個
，我也只有一個，但大家都希
望我變成
好幾個。
我的怪獸超人吃了神奇丸
後打敗金毛變形怪又去百
寶穴拿了閃電鎧甲……
這就是我的怪獸
超人升級版！
老婆，我要換輛進口車，然後
我們從社區換到別墅區……
這是大人們的升級版。

大人有大人的世界。
小孩有小孩的世界。
為什麼大人不學著管好自己的世界，別再干擾小孩的世界。

轉
碰
轉
媽呀，大人世界太可怕了，
還是待在小孩世界吧……

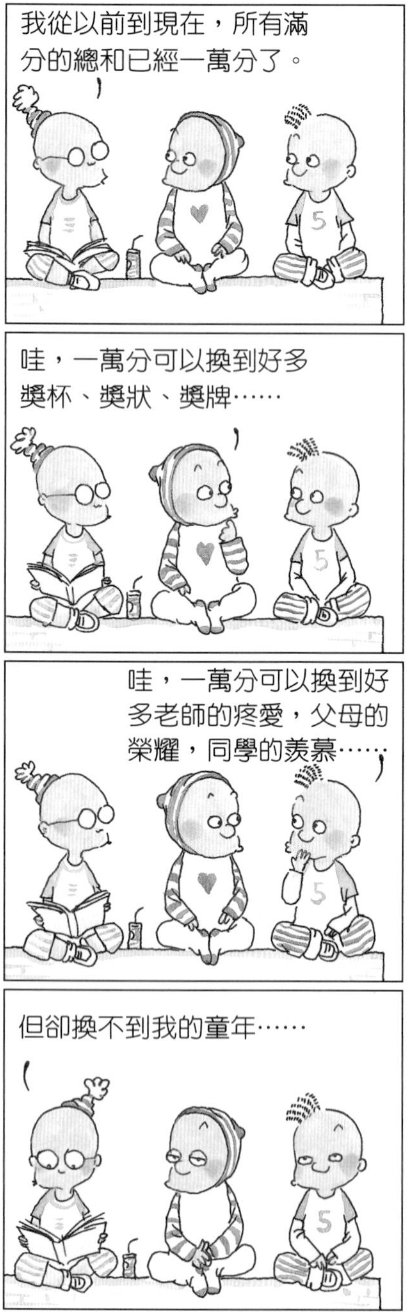

我從以前到現在，所有滿
分的總和已經一萬分了。
哇，一萬分可以換到好多
獎杯、獎狀、獎牌……
哇，一萬分可以換到好
多老師的疼愛，父母的
榮耀，同學的羨慕……
但卻換不到我的童年……

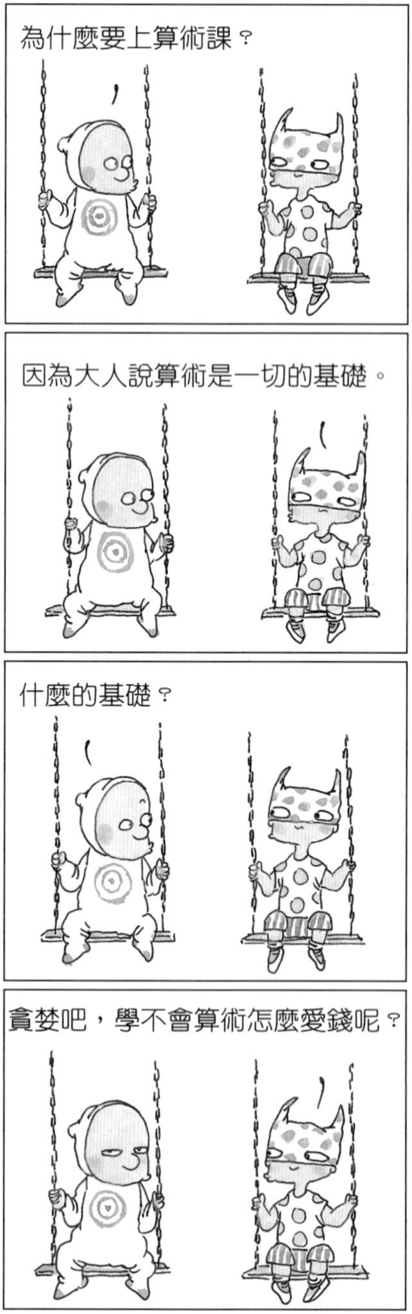

為什麼要上算術課？
因為大人說算術是一切的基礎。
什麼的基礎？
貪婪吧，學不會算術怎麼愛錢呢？

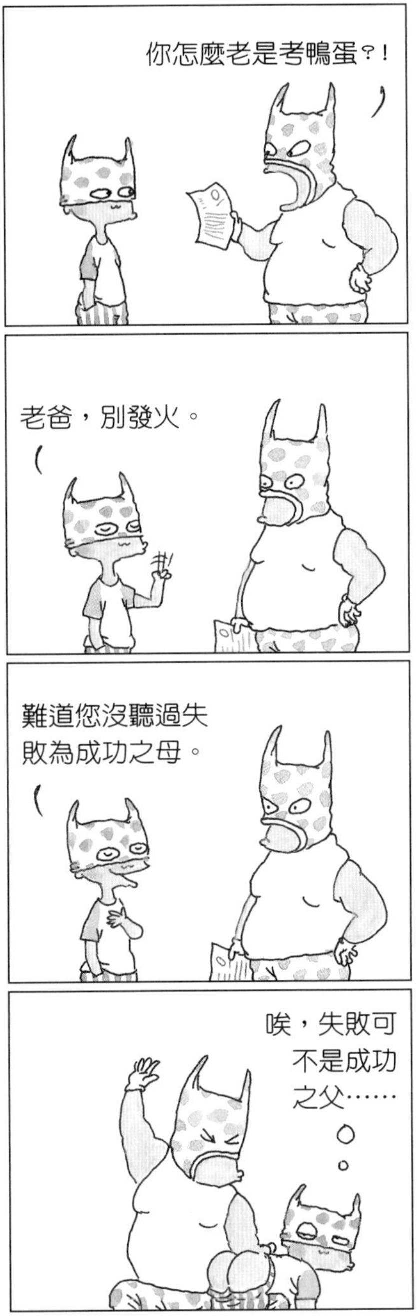
你怎麼老是考鴨蛋?!
老爸，別發火。
難道您沒聽過失
敗為成功之母。
唉，失敗可
不是成功
之父……

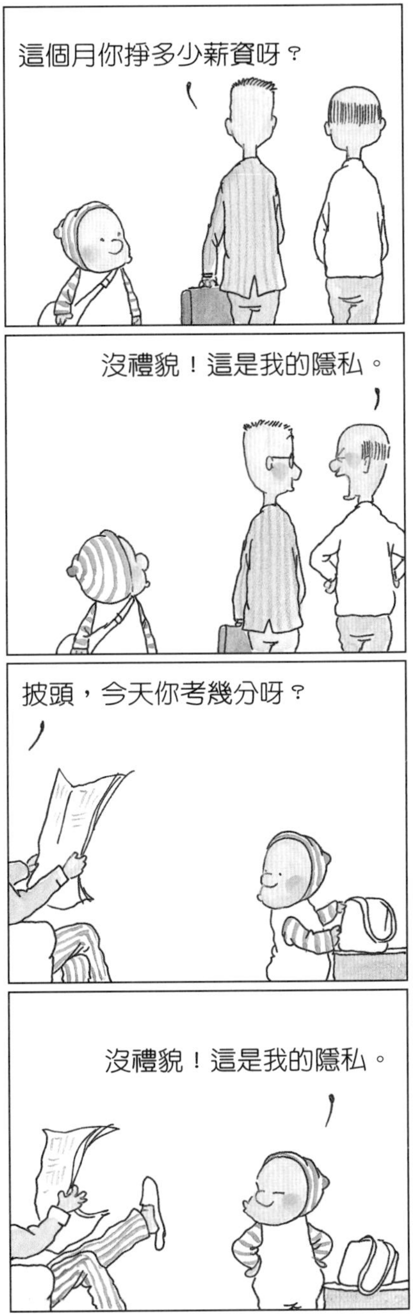
這個月你掙多少薪資呀?
沒禮貌！這是我的隱私。
披頭，今天你考幾分呀?
沒禮貌！這是我的隱私。

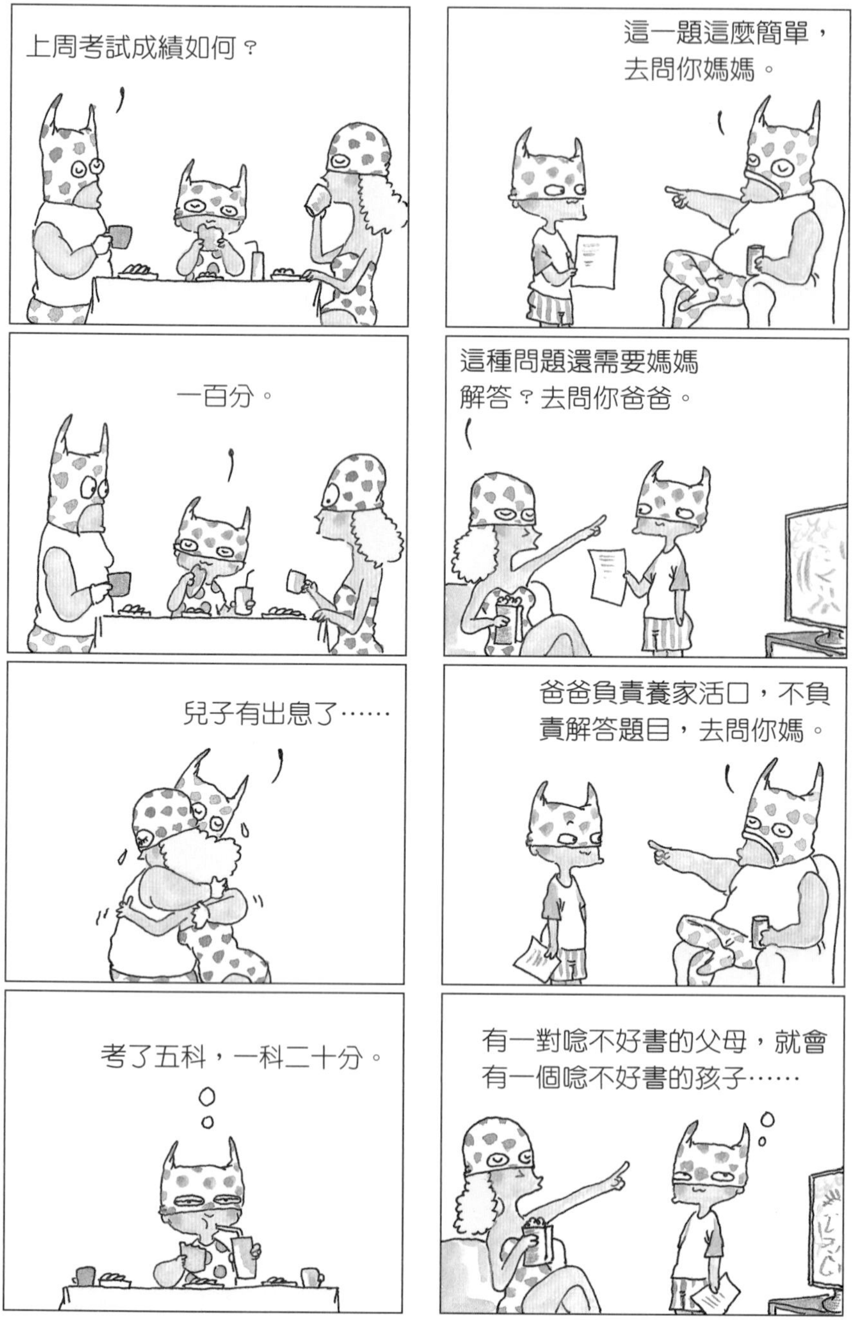
上周考試成績如何？
一百分。
兒子有出息了……
考了五科，一科二十分。
這一題這麼簡單，去問你媽媽。
這種問題還需要媽媽解答？去問你爸爸。
爸爸負責養家活口，不負責解答題目，去問你媽。
有一對唸不好書的父母，就會有一個唸不好書的孩子……

每個小孩心中都有一道彩虹，大人也有，但他們無法忍受下雨。

每個大人都忘了自己曾經是小孩。

每個小孩都忘了自己會長大。

童年只有一次，當我們發現時已經結束了。

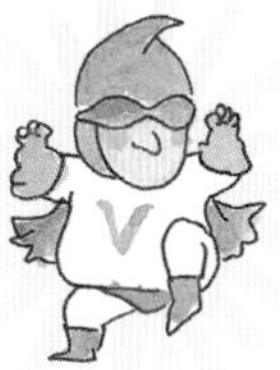

所謂大人就是，前半輩子在自己的成績單度過，後半輩子在自己小孩的成績單度過。如果小孩統治世界，就會把所有大人變回小孩。只可惜現在是大人統治世界，所以他們忙著把所有小孩都變成大人。

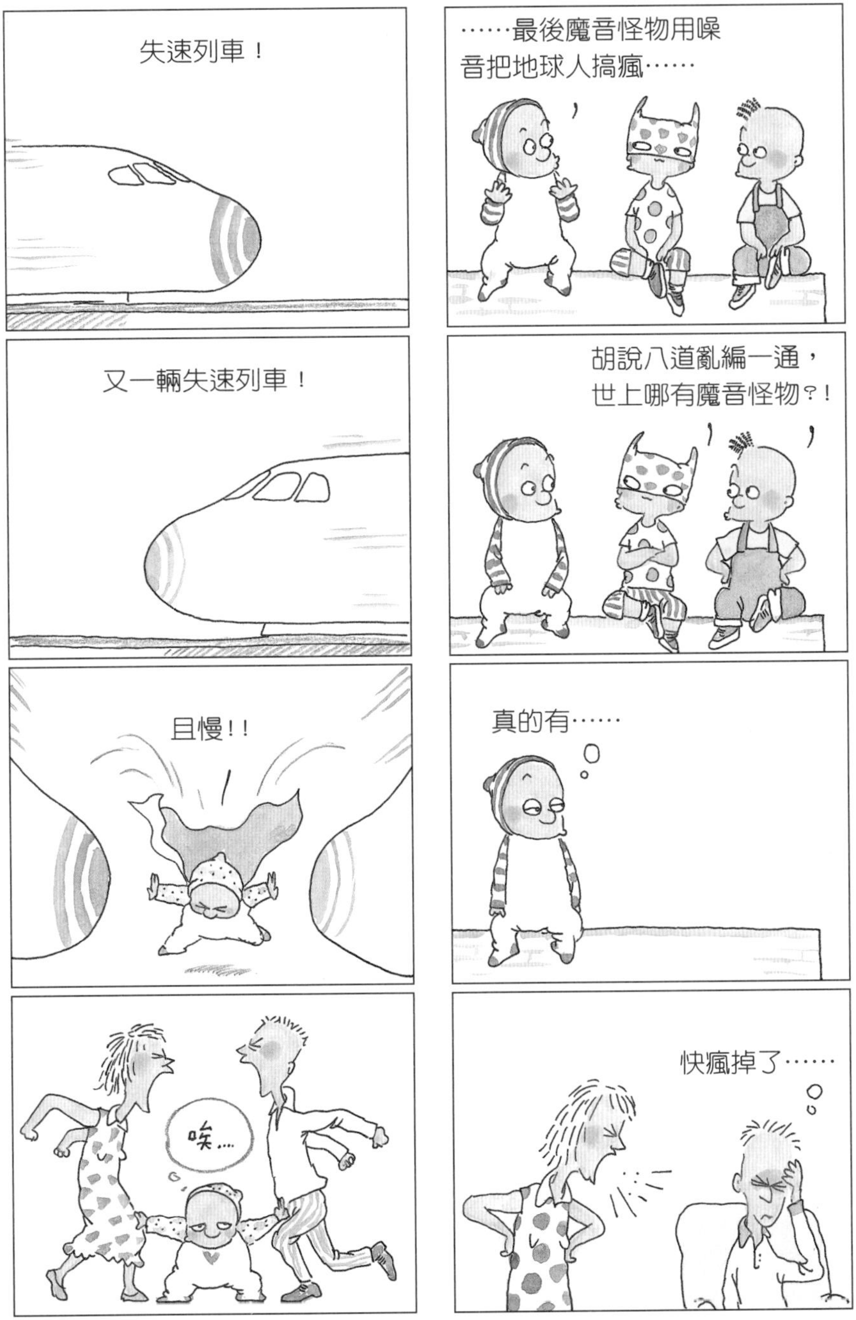
……最後魔音怪物用噪音把地球人搞瘋……
胡說八道亂編一通，世上哪有魔音怪物？！
真的有……
快瘋掉了……
失速列車！
又一輛失速列車！
且慢！！
唉…

第一個登陸月球的
是阿姆斯壯。
第一個發現新大
陸的是哥倫布。
第一個發明萬有
引力的是牛頓。
第一個動手打你的同學
是誰？
嗯……這個……
……嗯……
只會回答課本上有的比賽小子。
你什麼事也別碰，專心唸書。
你什麼事也別做，專心唸書。
你什麼事也別幫，專心唸書。
原來讀書的目的不是做一個有
用的人而是做一個無用的人。

世界上很多東西在小孩的想像裡會活過來，
世界上很多東西在大人的想像裡會死透透。
小孩世界充滿著童話，這些童話由父母埋單。
大人常告訴小孩童話故事都是假的，卻又希望
自己的兒女變成白馬王子和白雪公主。

小孩繞圈圈最後會繞出自己的世界，大人繞圈圈最後會框在自己的世界裡。

大人認為人生是一個迷宮，小孩只想要一個玩具迷宮。

爸媽都想要小孩聽話，但小孩只想聽神話。

我爸媽不愛我，他們每天都叫我去做工，不讓我念書。
你爸媽呢？
他們每天都叫我讀書、補習、學音樂、畫畫。
聽起來他爸媽也不愛他。
8點唸英語，10點做數學，1點背歷史，3點讀科學。
5點唸語文，7點讀社會，9點練鋼琴。
看樣子只有晚上睡覺做夢時才能喘口氣。
記住，在夢裡8點要開始唸英語，10點做數學，1點讀科學……

完了……
死定了……
這次凶多吉少……
我有這麼丟臉嗎？……
家長會
家長會

小孩最愛問「為什麼」？因為對世界充滿著疑問。

大人最愛回答「沒有為什麼」，因為對世界早就沒有好奇心了。

屬於小孩最便宜的消遣就是找麻煩。

每個小孩都以為自己的爸爸是超人，直到他發現爸爸只能每天飛去辦公室上班。
每個大人都知道這世上沒有十全十美的事物，卻都希望自己的孩子十全十美。
大人希望小孩很正經，其實小孩只想發神經。

校長，可不可以讓比賽小子的考卷比別的學生多一題？
為什麼要多考一題？
您就別問了，拜託拜託。
哈，我比你們都高分！
100
100
100
原來如此……
我兒子比你兒子優秀是因為我兒子的老子比你兒子的老子優秀。
我女兒比妳女兒漂亮是因為我女兒的媽比妳女兒的媽漂亮。
我兒子比你兒子有錢是因為我兒子的爹比你兒子的爹有錢。
校長，以後是不是就別辦了？
家長會

這衣服是巴黎貨。
這裙子是巴黎貨，鞋子是巴黎貨。
我這一身都是巴黎貨。
我這一身都
是泥巴貨。

我家有一個廚子，一個清潔工，
一個司機，一個管家，一個佣人。
總共有五個人，你呢？
我家有一個廚子，一個清潔工，
一個司機，一個管家，一個佣人。
總共一個人——我爸爸。

我媽說我以後一定要嫁有錢人。
我媽也說我以後一定要嫁有錢人。
妳們這樣就是競爭對手了，會不會打起來？
我們兩個人的媽媽會先打起來。
這樣太奢華了，妳應該學學一般人有時候在外面隨便吃吃。
說的也是。

我希望你這幾天別來找我們家貴族妞。
為什麼？只因為我家境不好，父母失業四處欠債？我功課不好，操行不及格，不愛洗澡又喜歡撒謊？還會亂放屁？
天呀！我希望你這一輩子都別來找我們家貴族妞。
課本教的都是騙人的，父母一點都不欣賞誠實的人。
銀行有多少存款？有司機？廚子嗎？
你爸賺多少錢？有管家嗎？
住多大的房子？有保安？園丁嗎？
還沒見著貴族妞爸媽，就已經快被偵訊死了……

全世界有多少個國家？
有195個。
錯，只有小孩國和
大人國兩個國家。
大人國正在攻
打小孩國……

這裏有海怪嗎？
沒有。
真沒意思，我回家了。

好了，拔了蛀牙吧，
我已經帶它看這個世
界最後一眼了。
好美，真希望能
再看一次落日。

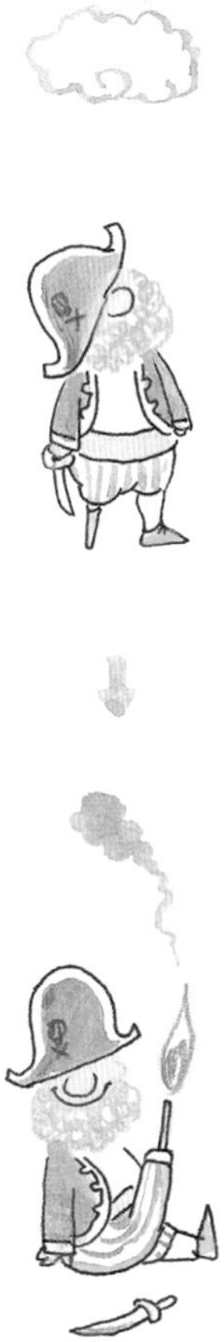

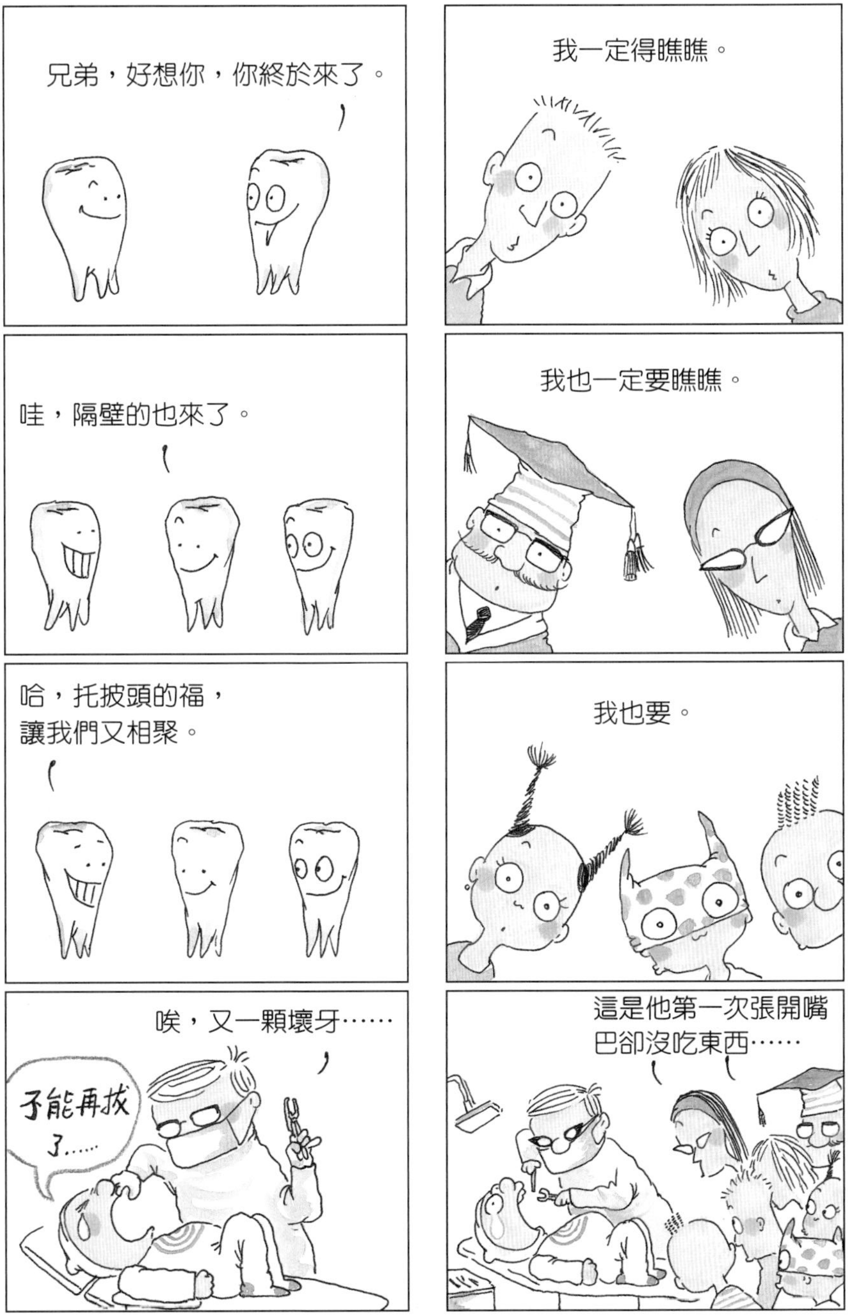
兄弟，好想你，你終於來了。
我一定得瞧瞧。
哇，隔壁的也來了。
我也一定要瞧瞧。
哈，托披頭的福，
讓我們又相聚。
我也要。
唉，又一顆壞牙……
不能再拔了……
這是他第一次張開嘴
巴卻沒吃東西……

這部片子不適
合小孩看。
我是幫一個大人買。
叫那個大人自
己來買票！
什麼服務態度，我還要再過
十年才能長成那個大人呀。

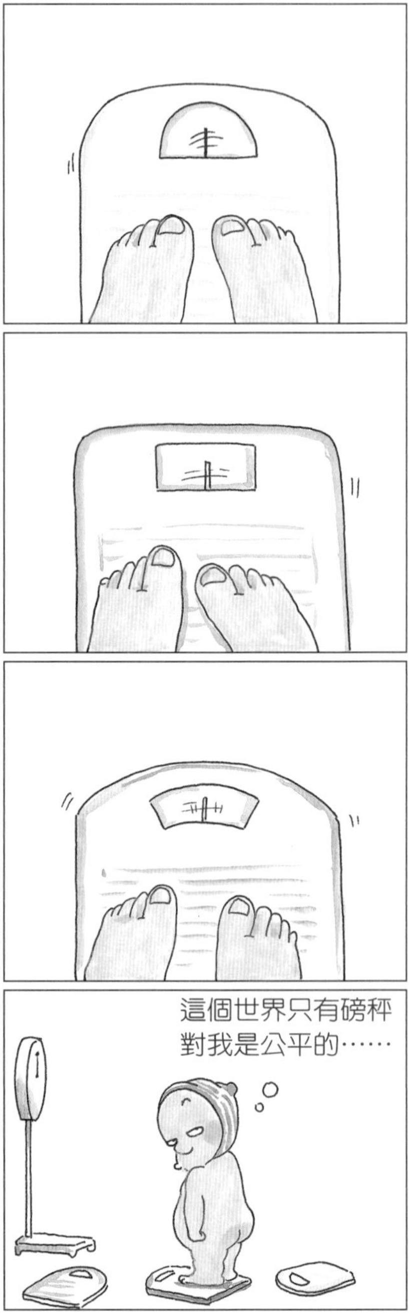
這個世界只有磅秤
對我是公平的……

買一張票。
這部片子不適合大人看。
這鬼片好可怕。
是呀。
終於看完了。
你是從哪兒溜進來的死小孩？！
在報復大人的討厭。

我媽說不洗澡的小孩會遇上鬼。
鬼呀
我媽說不聽話的小孩會撞見鬼。
鬼呀
我媽說不寫功課的小孩會碰到鬼。
鬼呀
妳們這樣說會把我忙死！
鬼呀
結果媽媽們先見鬼。
從此披頭媽媽再也不讓他看鬼片了。

每個小孩都是「理想主義者」，直到大人教育他們成為「別胡思亂想主義者」。

大人常教導孩子在這個世界要勇敢，其實面對這個世界大人往往卻是最膽小的那個人。

父母天生來管他的小孩，小孩天生來管他的！

父母總是希望給孩子未來，但他們常常連現在的時間都沒有給孩子。

父母希望孩子能擁有一流的人生，
孩子希望自己能擁有一流的父母。

小孩在意遊戲規則，大人在意商業規則。

討厭，我是愛因斯坦，你要努力讀書。
討厭，我是愛迪生，你要好學向上。
討厭，我是牛頓，你要認真學習。
激勵向上的鬼對我而言，比窮兇惡極的鬼更具壓力……
世上有大頭鬼、長舌鬼、方塊鬼。
獠牙鬼、綠毛鬼、獨眼鬼。
吸血鬼、紅魔鬼、竹竿鬼。
還有臉光光亮亮像鴨蛋的鬼。
別嚇我，我跟你是同類。

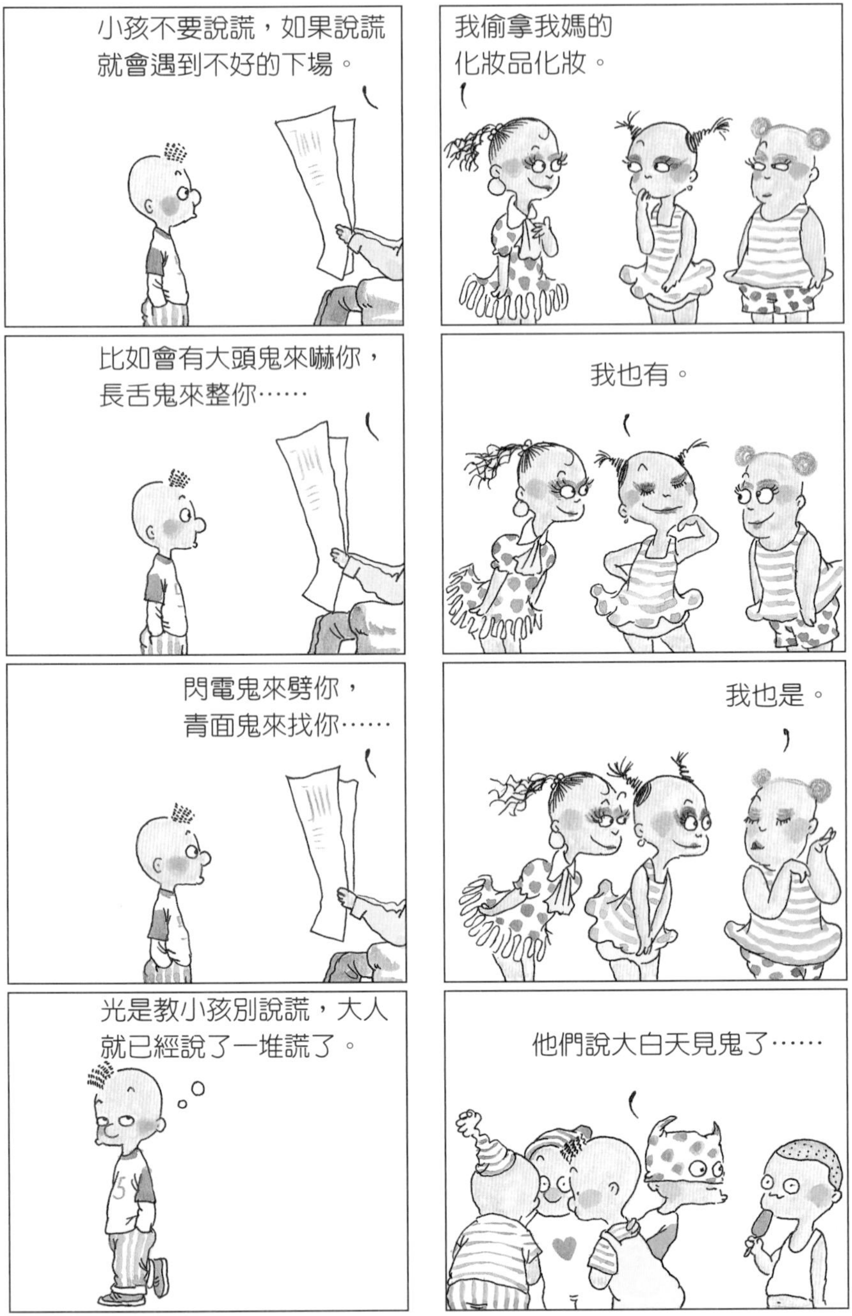
小孩不要說謊，如果說謊
就會遇到不好的下場。
比如會有大頭鬼來嚇你，
長舌鬼來整你……
閃電鬼來劈你，
青面鬼來找你……
光是教小孩別說謊，大人
就已經說了一堆謊了。
我偷拿我媽的
化妝品化妝。
我也有。
我也是。
他們說大白天見鬼了……

為什麼頭髮會一直長？小孩問。
因為這樣理髮師才有錢賺。大人答。
為什麼牙齒會輪流掉？小孩問。
因為這樣牙醫才有錢賺。大人答。
為什麼我們要讀書考名校？小孩問。

我離家出走最遠到200公尺
然後被爸爸叫回家。
我最遠到100公尺
然後被媽媽叫回家。
你呢？
我最遠到10公尺然後
被自己的肚子叫回家。
鈴
警察說已經找到離家出走的
披頭，馬上就送他回家。
結果哭得更傷心……

我兒子披頭離家出走了。
你們什麼時候發現他不在家？
不清楚，我們周一出門忙一天，周二半夜回家，周三和朋友打牌，周四開會……
你們自己早就已經先離家出走了。
茫茫人海，到底該去哪兒流浪？
往東？往西？往北？往南？
往心的方向吧，這才是流浪的意義。

小孩一分鐘可以繞世界一週，十分鐘可繞宇宙一圈，但再長的時間也繞不了課本一遍。

所謂人生就是，一個小孩度過童年變成大人，然後再從大人變成老人，然後再從老人變回一個小孩。

擲一元銅板決定，正面就離家出走，反面就不離家出走。
拿銅。
拿鋁。
拿鉛。
算了，身上連一元都沒有，還離家出走個屁。
是拿鐵！！快滾，別在這兒假裝大人了。
Latte
Coffe

小孩看著水裡的倒影，總覺得是另一個自己。
大人看著鏡子裡的影像，會知道已經不再是原來的自己了。
小孩用想像力抓住這個世界，
大人用生產力抓住這個世界。

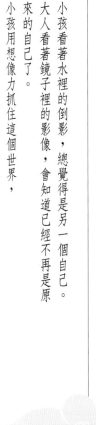

因為這樣你們才能賺到其他人的錢。大人答。
小孩用自己的方式向這個世界提問，然後也用
自己的方式給了自己答案。
當大人以為可以給予孩子許多夢想時，事實上
在做的可能只是剝奪他們原有的夢想。

比上次離家出走多走了
2步，人生的大成功。
可以回家好好吃
一頓犒賞自己。

小孩人生的每一天充滿魔法，大人人生的每一天充滿想辦法。

第4章

魔法閃一閃

不玩了……

我只想抱抱小時候的自己。

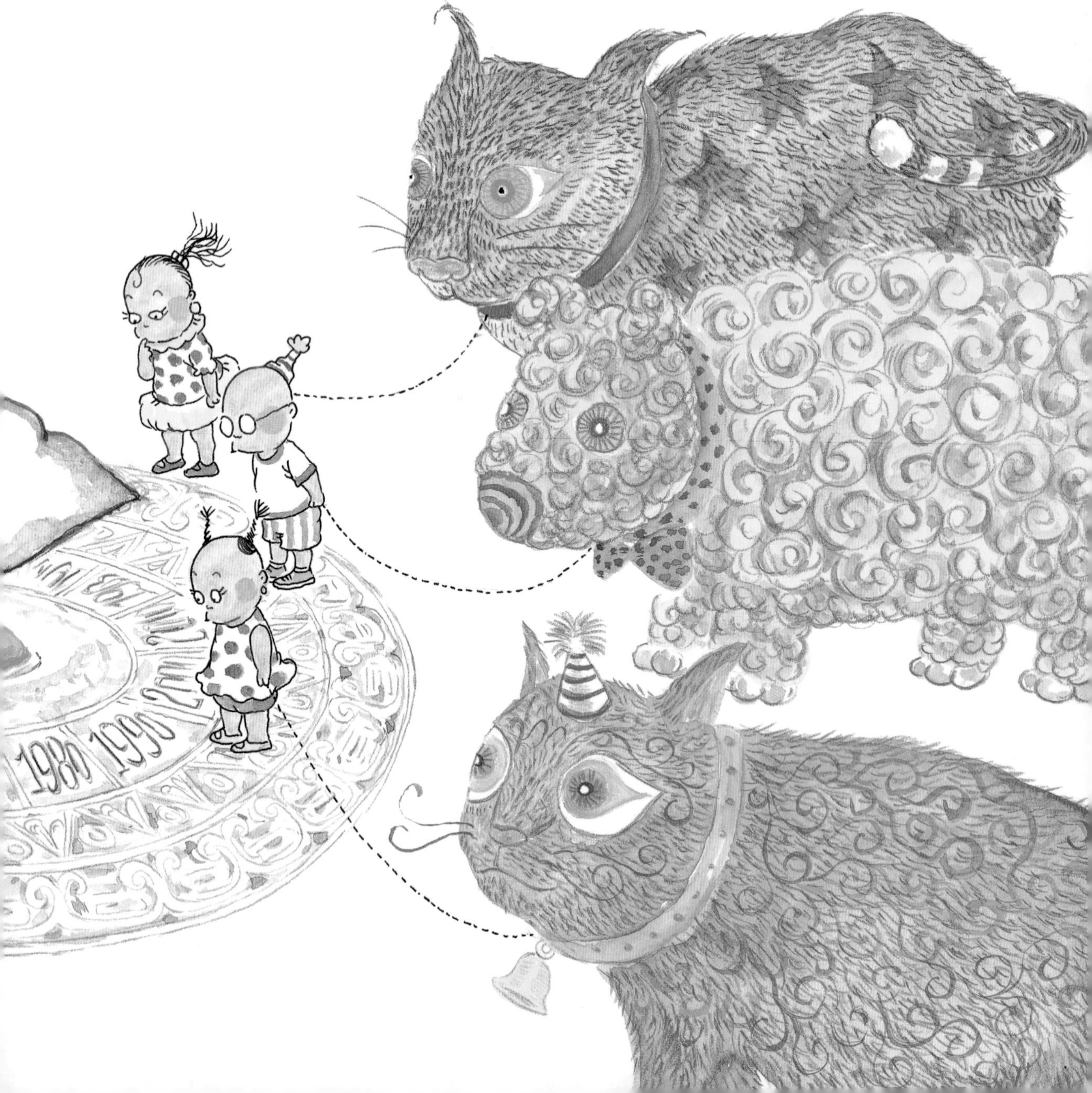

如果有時光機器可以回到過去，

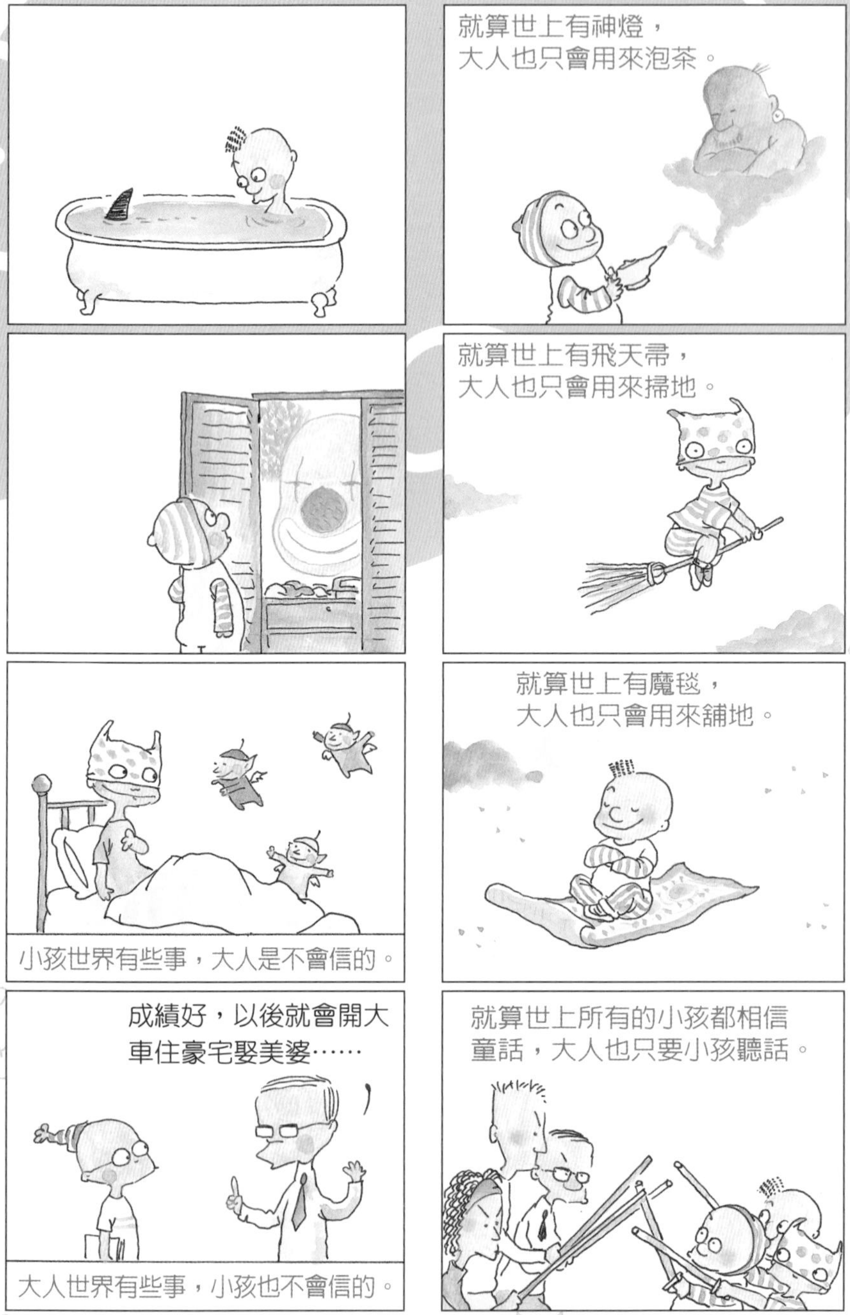
就算世上有神燈，
大人也只會用來泡茶。
就算世上有飛天帚，
大人也只會用來掃地。
小孩世界有些事，大人是不會信的。
就算世上有魔毯，
大人也只會用來鋪地。
成績好，以後就會開大
車住豪宅娶美婆……
大人世界有些事，小孩也不會信的。
就算世上所有的小孩都相信
童話，大人也只要小孩聽話。

討厭的幻想是擁有一隻巨狗。
小孩的世界……
寶兒的幻想是擁有一隻巨貓。
小孩的世界……
貴族妞的幻想是擁有一隻巨兔。
小孩的世界……
狗仔的幻想是擁有一個巨胃。
嘿，吃半天
還有一大堆
大人的世界不需要怪物，
他們自己就是怪物。
房子
錢
名
權力

誰說世上沒有恐龍……
有一個怪物寵物是很好玩的事。
誰說世上沒有山怪……
有一個怪物朋友
是很好玩的事。
誰說世上沒有巫婆……
有一個怪物情人是很好玩的事。
我在學校全都遇上了……
但是有一對怪物爸媽就
不是很好玩的事了。

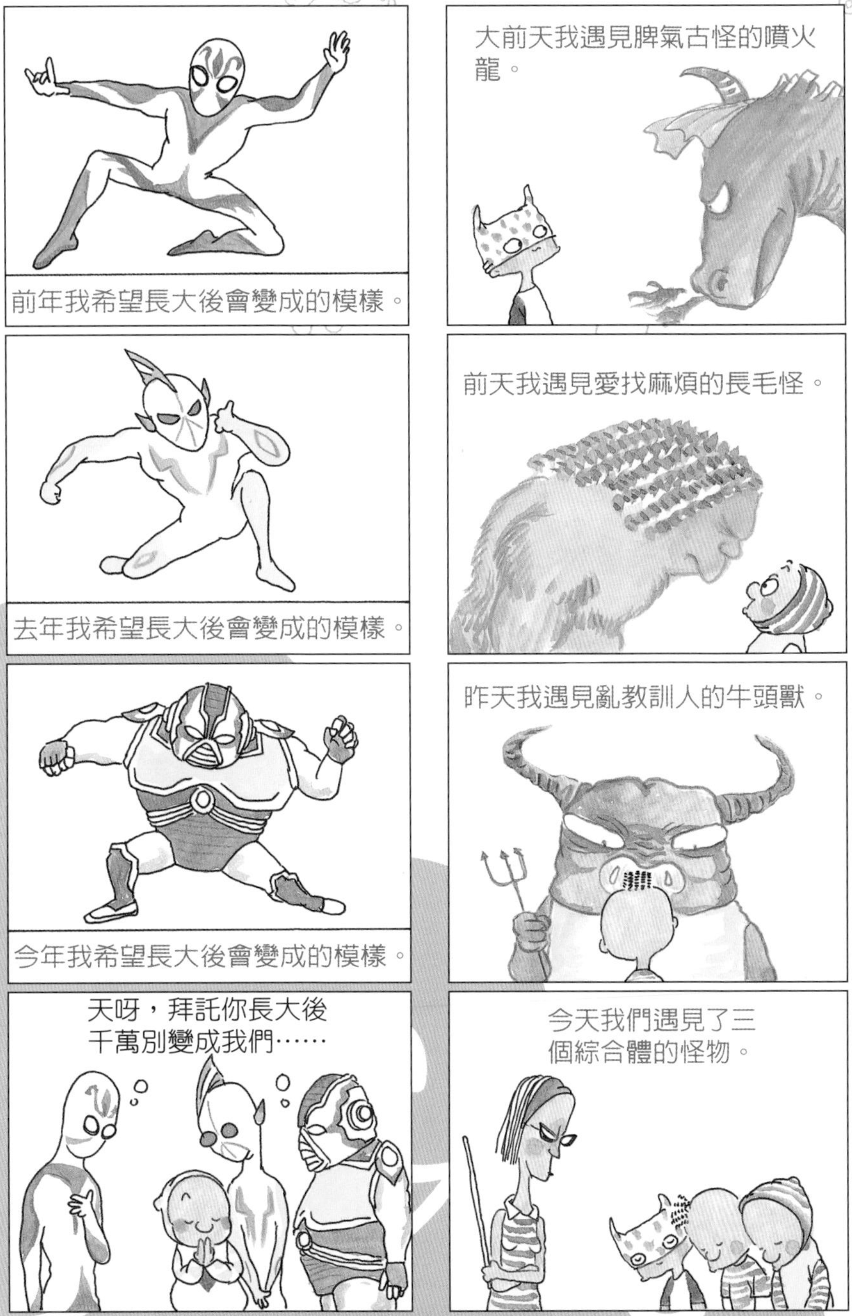
前年我希望長大後會變成的模樣。
大前天我遇見脾氣古怪的噴火龍。
去年我希望長大後會變成的模樣。
前天我遇見愛找麻煩的長毛怪。
今年我希望長大後會變成的模樣。
昨天我遇見亂教訓人的牛頭獸。
天呀，拜託你長大後千萬別變成我們……
今天我們遇見了三個綜合體的怪物。

我要養成良好習慣，
再也不貪吃了……
我要幫忙做家事，
不再搗亂了……
我要做一個品學兼優的好孩子……
這些大人幻想起來比小孩還不靠譜。
其實不止小孩心中有怪物。
大人心中也有怪物。
不過小孩心中的怪物是來玩耍的。
大人心中的怪物是來整人的。
權力、財富

我看到股票未來看漲的可能……
我看到房子以後有繼續升值的潛力……
嗨，有沒有看到我們背後的怪物玩伴？
什麼也沒有呀？！
大人想像的空間和小孩想像的空間差很多……

你長大後希望成為什麼樣的人？
胡鬧！
去問你爸希望你長大後成為什麼樣的人。
更胡鬧！！
你的願望應該是成為科學家而不是怪物超人！
於是五毛努力唸書吸收知識專心研究……
終於成為了世界首屈一指頂尖的科學家。
然後把自己變身成怪物超人。

哼，如果我變成怪物，妳還敢這樣罵嗎？
結果……
我要把你變成宇宙最可怕的怪物！
哇
還好這種情節只發生在電影裡……
哇
我要把你變成考場最可怕的怪物！
加油

絕對小孩IQ

如果有人要我洗碗，
我就讓洗碗怪代洗。
如果有人要我拖地，
我就讓拖地怪代拖。
5
如果有人要打我屁股，
我就讓屁股怪代受。
如果有人給吃的，可
不能讓怪物代吃呀！！
如果我養了一條巨狗，
同學就不敢欺負我。
老師也不敢再欺負我。
沒有任何人敢欺負我。
只是……
我還很餓！
我自己的都
給你了……

● 當飄來一朵烏雲下起小雨，就把小孩的憂傷沖刷掉了。

● 當飄來一朵白雲露出陽光，就把快樂給了小孩。

● 小孩每一天都是夏天，因為總玩得滿身大汗。

● 精靈的聲音小孩聽得到，大人只聽得到精算。

絕對小孩IQ

●給小孩一把梯子他就會爬上雲端，給大人一把梯子他就只會修屋頂。

●小孩的惡夢是冰淇淋在夢裡被吃光了，大人的惡夢是存款在現實裡被花掉了。

●小孩的夢是發笑的夢，大人的夢是發財的夢。

我房間太小了！
小什麼小？夠大了。

爸爸，世上有怪物嗎？
當然沒有。
那都是你們幼稚的幻想。
快回家寫功課。
快回家吧，明天見。

我能立即變成這模樣。
哈……
還能變成這模樣。
哈……
還有這個模樣。
講這故事真累人，我只是在盡一個父親的責任。
這不算什麼，大人們整天對不同的人都有不同的嘴臉。
聽這故事真乏味，我只是在盡一個兒子的責任。

絕對小孩IQ

●從此王子找到公主——小孩的童話。
從此王子中了彩券——大人的童話。

●小孩可以望著夜空的星星一整夜，
大人可以盯著股票的看板一整天。

●小孩專找大人麻煩，大人專找自己麻煩。

絕對小孩IQ

小孩世界和大人世界用的不是同一種語言。

人生幸福三件事：

(1)吃甜食的小孩。

(2)玩玩具的小孩。

(3)父母不在家的小孩。

你們的世界有沒有考試？
當然有，不過和你們的世界相反。
考100分就會被父母罵，考0分就有獎品。
那我得拚命把已經記住的知識忘掉……

冰箱怪物！我最愛你了。
吃完就自動變出食物，永遠無限供應。
那你盡量吃吧。
胡扯，什麼冰箱怪物！吃光是老娘再去買的。

幫我看看今天家裡氛圍如何？
不太好，你還是待會兒再回家吧。
洗澡應該是和夢想中的怪物玩耍，而不是和生活中的怪物玩耍……

絕對小孩IQ

小孩認為玩具就像人，大人認為人就像工具。

絕對小孩免疫力法則：

(1)對噪音免疫。

(2)對零分免疫。

(3)對大人免疫。

絕對小孩IQ

●在小孩世界裡每個大人都像丑角。

●如果老師變不成雪人，那就變成稻草人別再管我們吧！大小孩如是說。

●用我們的玩具征服世界吧！小小孩如是說。

●小孩全是揚聲器，大人全是計算機。

今天考試，你一定會考高分。
他說OK，一定會考高分。
一定考0分……
這題好難，你幫我寫。
這題也好難，你幫我作。
這題更難，你幫我解。
這年頭怪物也不好當，還得功課好……

我長大後會成為一個什麼樣的人？
我也不知道。
但希望你還是能像你現在這麼純真。
那我應該會成為一個整天被騙的人……
當你玩耍時，我會陪你一起嬉鬧。
當你吃東西時，我會陪你一起享受。
當你無聊時，我會陪你一起發呆。
那為什麼當我考試時，你這怪物寵物不陪我一起作弊？

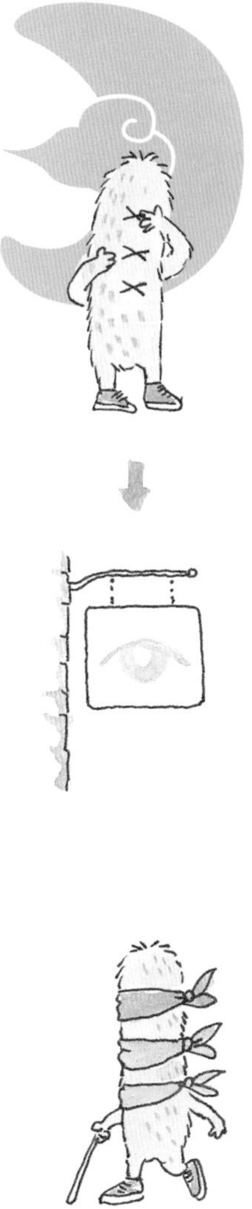

我來自你的內心。
我來自你的幻想。
我來自妳的記憶。
我來自你的肚子。
一點也不童話……
你長大想成為什麼樣的人由你決定。
你可以讓自己像那些歷史上的偉人呀。
算了，還是讓那些偉人都像我，這樣我比較輕鬆。

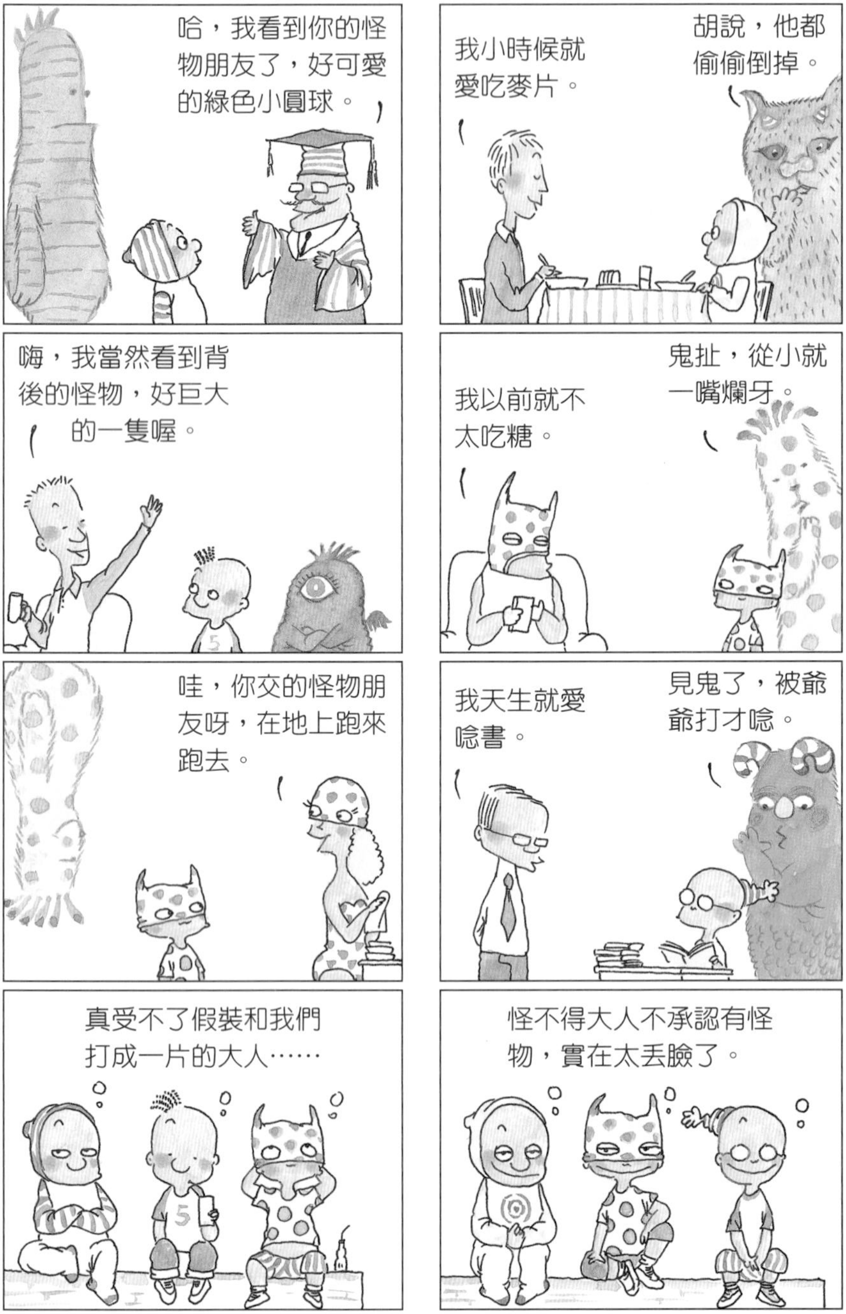
哈，我看到你的怪物朋友了，好可愛的綠色小圓球。
嗨，我當然看到背後的怪物，好巨大的一隻喔。
哇，你交的怪物朋友呀，在地上跑來跑去。
真受不了假裝和我們打成一片的大人……
我小時候就愛吃麥片。
胡說，他都偷偷倒掉。
我以前就不太吃糖。
鬼扯，從小就一嘴爛牙。
我天生就愛唸書。
見鬼了，被爺爺打才唸。
怪不得大人不承認有怪物，實在太丟臉了。

嗨，你一個月拿多少錢？
我不需要錢，我需要的是孩子笑聲。
別裝了，沒有錢誰要討孩子歡心。
簡直莫名其妙，怪物世界以你為恥！
?
只要呼喚三次「笨蛋」我就會出現陪你玩。
笨蛋，笨蛋，笨蛋。
你罵誰？
改個咒語吧……

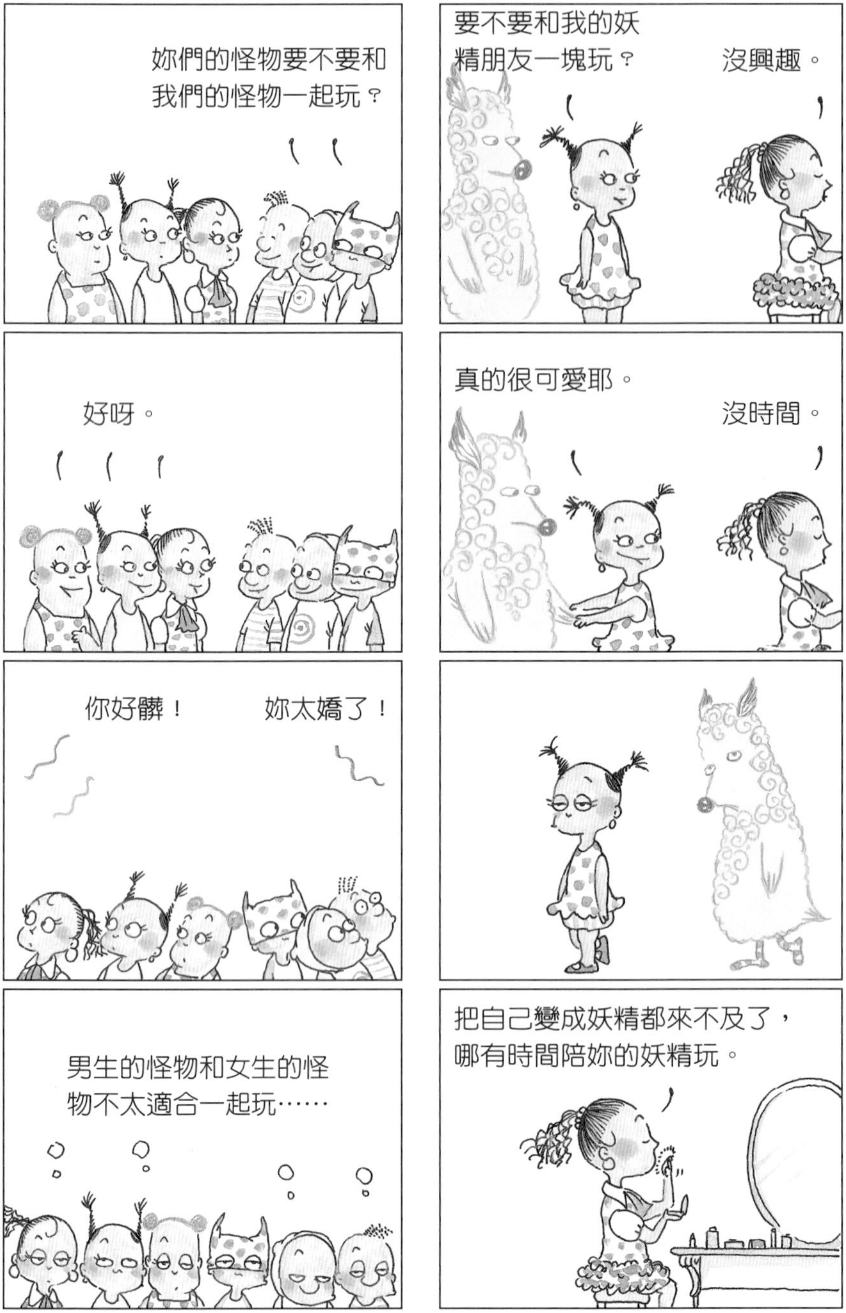
妳們的怪物要不要和我們的怪物一起玩？
好呀。
你好髒！
妳太嬌了！
男生的怪物和女生的怪物不太適合一起玩……
要不要和我的妖精朋友一塊玩？
沒興趣。
真的很可愛耶。
沒時間。
把自己變成妖精都來不及了，哪有時間陪妳的妖精玩。

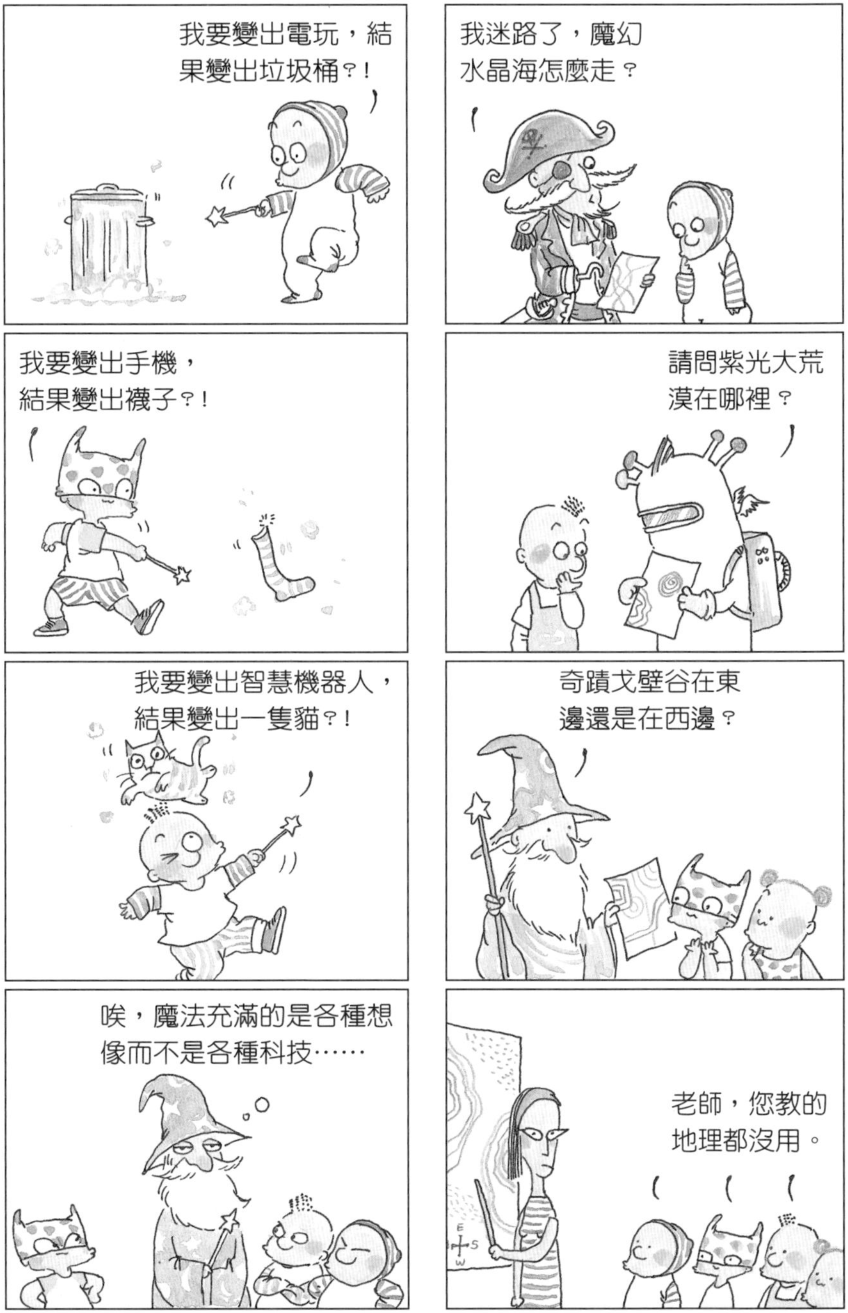

我要變出電玩，結果變出垃圾桶？！
我要變出手機，結果變出襪子？！
我要變出智慧機器人，結果變出一隻貓？！
唉，魔法充滿的是各種想像而不是各種科技……
我迷路了，魔幻水晶海怎麼走？
請問紫光大荒漠在哪裡？
奇蹟戈壁谷在東邊還是在西邊？
老師，您教的地理都沒用。

哈，我創造的鐵甲機器人。
哈，我創造的奇幻機器人。
哈，我創造的魔甲機器人。
哈，我創造的得分機器人。

噗咚
真是不可思議，澡缸底下另有一世界。
哇，變態！

1000

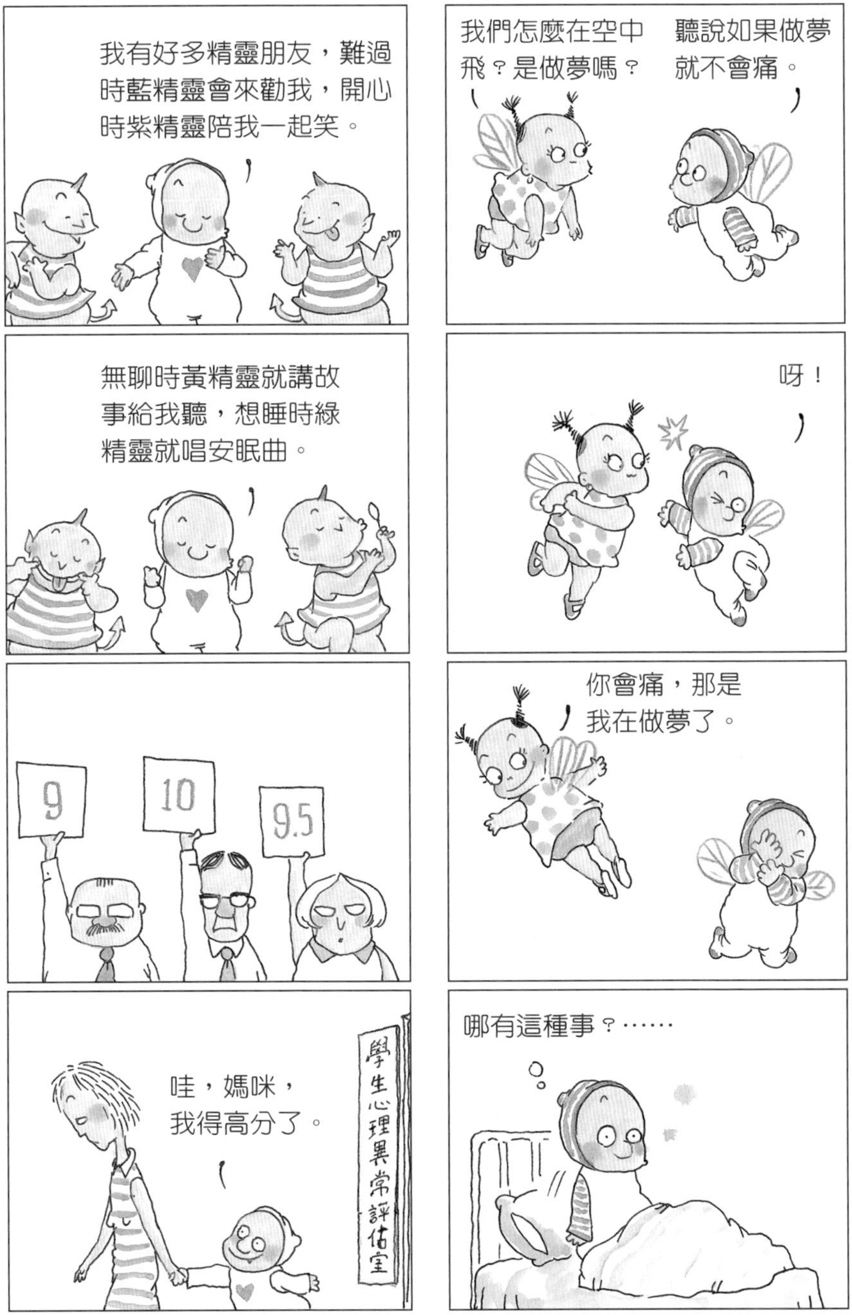
我有好多精靈朋友，難過
時藍精靈會來勸我，開心
時紫精靈陪我一起笑。
無聊時黃精靈就講故
事給我聽，想睡時綠
精靈就唱安眠曲。
9
10
9.5
哇，媽咪，
我得高分了。
學生心理異常評估室
我們怎麼在空中
飛？是做夢嗎？
聽說如果做夢
就不會痛。
呀！
你會痛，那是
我在做夢了。
哪有這種事？……

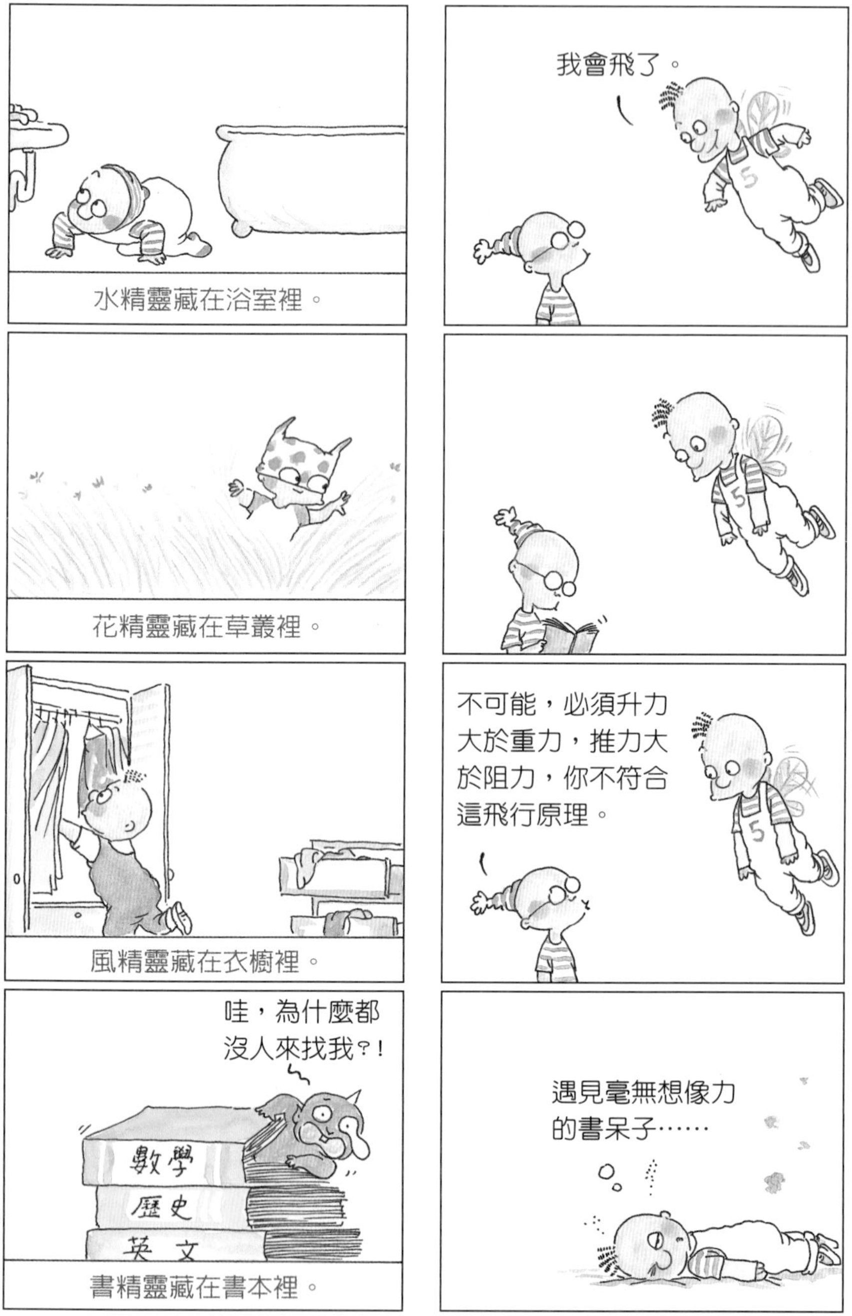
水精靈藏在浴室裡。
花精靈藏在草叢裡。
風精靈藏在衣櫥裡。
哇，為什麼都沒人來找我？！
數學
歷史
英文
書精靈藏在書本裡。
我會飛了。
不可能，必須升力大於重力，推力大於阻力，你不符合這飛行原理。
遇見毫無想像力的書呆子……

絕對小孩IQ

● 孩子是父母最大的財富，但千萬別整天想把他們增值。

● 絕對小孩世界地圖：非洲是冰淇淋做的，美洲是爆米花做的，歐洲是優酪乳做的，亞洲是麥芽糖做的！

●絕對小孩主義：

蛋糕是用來吃的，汽水是用來喝的，時間是用來浪費的，玩具是比大人有趣的，世界是用來玩耍而不是用來征服的。

●小孩不需要支配時間，他們就是時間的主人。

小朋友，起床了。
小朋友，起床了。
小朋友，起床了。
對他而言，這個世界永遠沉睡中……
哪有這種爸爸，帶我回到他小時候，我要好好和他談一談。
好的。

我爸媽說怪物不存在。
我爸媽說精靈不存在。
我爸媽說花仙子不存在。
其實大人結婚之後，彼此就把對方當做不存在。

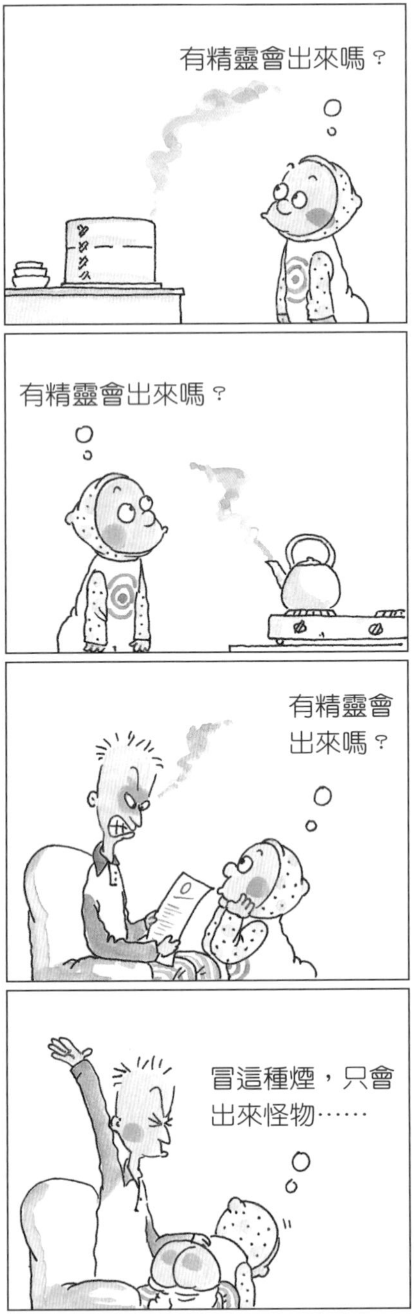

有精靈會出來嗎？
有精靈會出來嗎？
有精靈會出來嗎？
冒這種煙，只會出來怪物……

絕對小孩IQ

- 這個紛亂的世界可能只有孩子才有能力重建。
- 小孩說哭就哭說笑就笑，那是正常。
大人說哭就哭說笑就笑，那是瘋了。
- 當每個小孩配備一支手機時，充滿想像的玩具時代便結束了。

絶對小孩IQ

●小孩覺得世界是糖果做的，大人覺得世界是糖果上的標價做的。

●小孩擁有一個神奇又快樂的國度，出入那個國度的護照是「童心」。

●當一個小孩把童心換成貪心時，他就長大了。

這世界有許多不同的時間層。
人類的時間和精靈的時間不同。
精靈的時間和寵物怪物的時間又不同。
那為什麼小孩的時間永遠只有上下課鈴的時間？
為什麼大人看不到你？
因為他們已經沒有童心了。
嗨，小精靈，你好。
酒精有時會讓我老爸的童心回來一下。

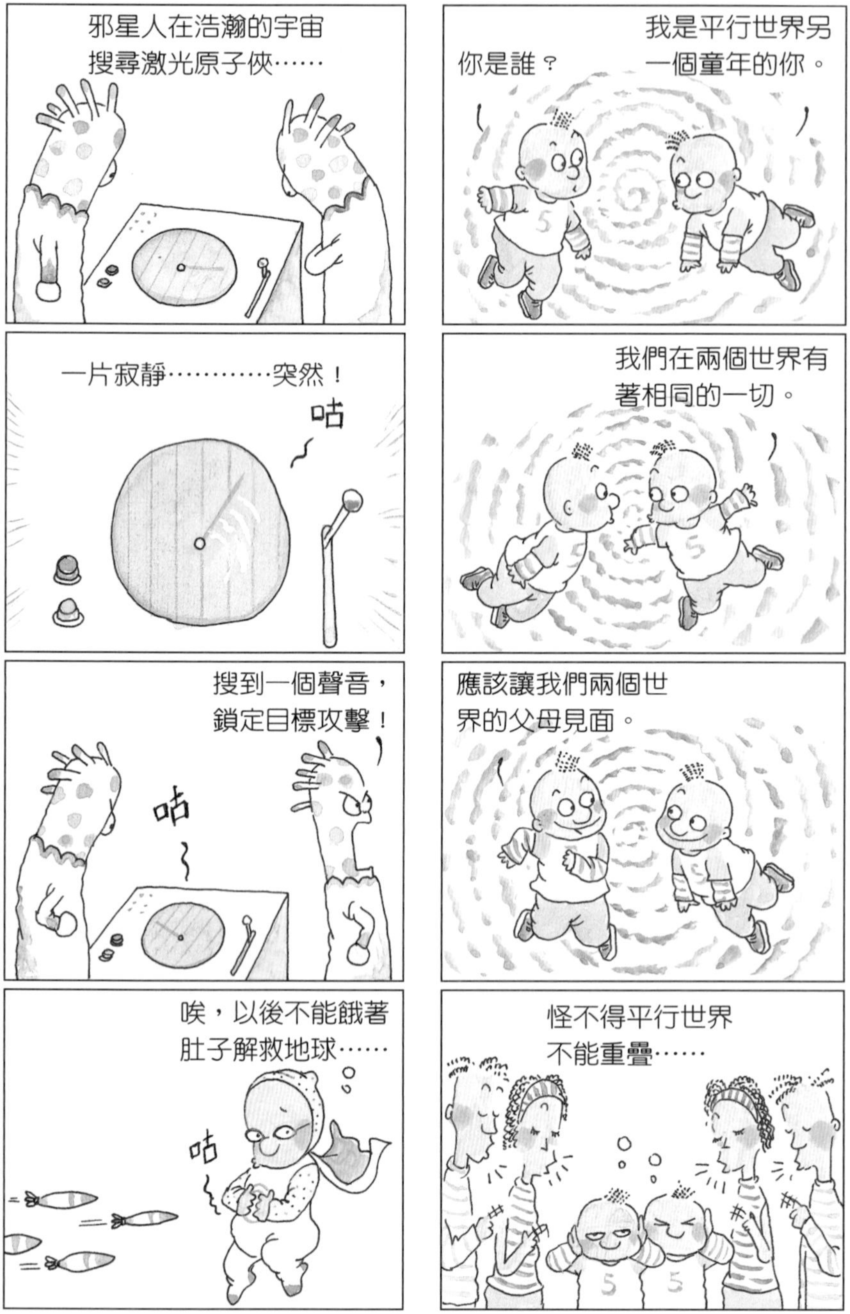
邪星人在浩瀚的宇宙
搜尋激光原子俠……
一片寂靜…………突然！
咕
搜到一個聲音，
鎖定目標攻擊！
咕
唉，以後不能餓著
肚子解救地球……
咕
你是誰？
我是平行世界另
一個童年的你。
我們在兩個世界有
著相同的一切。
應該讓我們兩個世
界的父母見面。
怪不得平行世界
不能重疊……

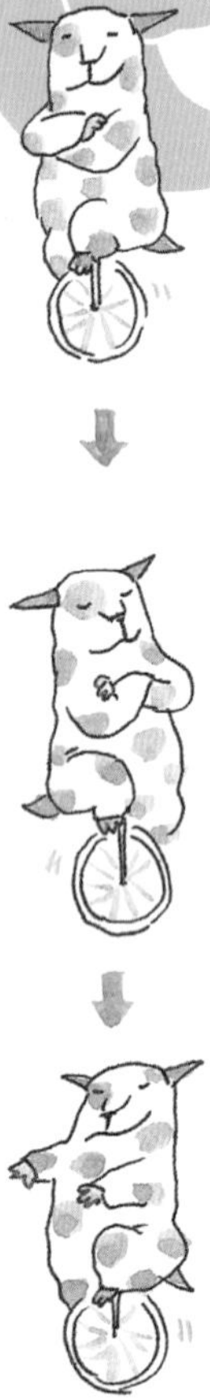

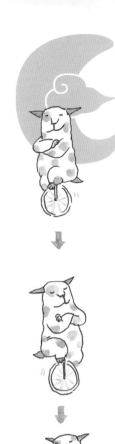

要考全國
第一名！
我已經全國
第一名了。
那就全世界
第一名！
我已經全世界
第一名了！
那全宇宙第一名！加油！
兒子，有一個地球小孩要來爭
你的全宇宙第一名，加油！

哼！蛇蠍怪物，我來
解救全校的孩子！
哼！急凍怪物，我來
解救全校的孩子！
哼！黏黏怪物，我來
解救全校的孩子！
哇，考試怪物…
…這我可救不了
全校的孩子。

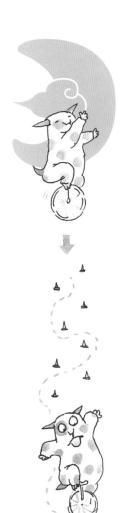

如果全世界最後只剩下一個大人，我們小孩也不會欺負他！

第5章

時間彎一彎

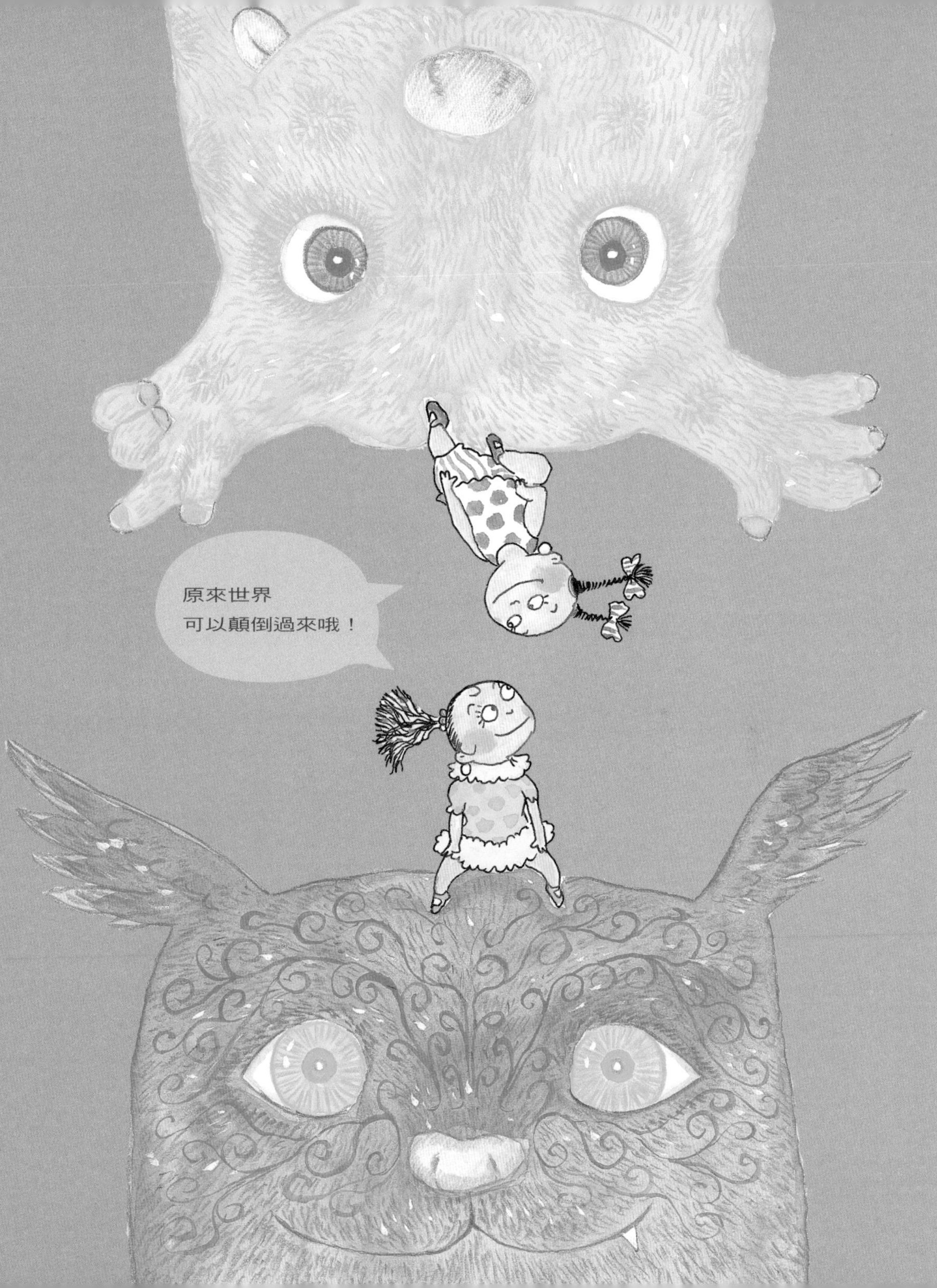
原來世界
可以顛倒過來哦！

碗頭的世界是方的。
爸爸要我走那條路……
走這條路……
狗仔的世界是長的。
媽媽要我走這條路……
走那條路……
捲毛的世界是扁的。
老師要我走那條路……
走這條路……
我的世界是圓的，而且
先是紅的然後是黑的……
分數
老爸揍的
結果是我還沒走完那些路，
那些路先把我走完了……

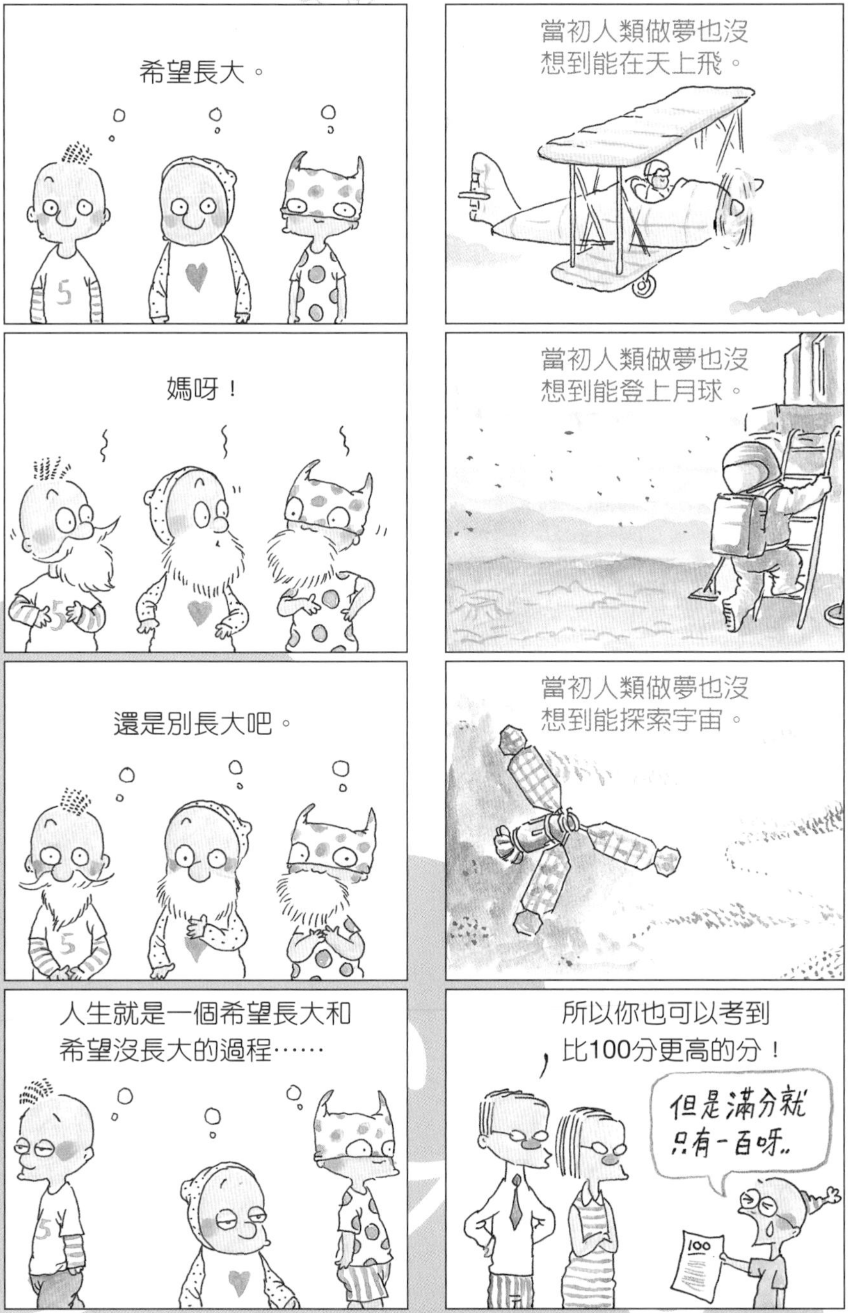
希望長大。
媽呀！
還是別長大吧。
人生就是一個希望長大和
希望沒長大的過程……
當初人類做夢也沒
想到能在天上飛。
當初人類做夢也沒
想到能登上月球。
當初人類做夢也沒
想到能探索宇宙。
所以你也可以考到
比100分更高的分！
但是滿分就
只有一百呀..
100

我是你心中的魔鬼。
我是你心中的天使。
不要上學。
要上學。
多了你們兩位，我真是太高興了。
給我三人份。
披頭終於找到多吃的正當理由了。
如果世界只剩下一天，披頭會把他所有的零嘴都吃光。
如果世界只剩下一天，五毛會把他所有的玩具都玩一遍。
如果世界只剩下一天，貴族妞會把她所有的衣服都穿一次。
如果世界只剩下一天，比賽小子會把他所有的功課都做完。
大家把零用錢捐出送他去看醫生。

我是你心中的天使。
我是你心中的魔鬼。
你長大以後要做好事。
你長大以後要做壞事。
我長大以後可不可以不用做事？
現在的小孩真是嬌生慣養……
我是你心中的魔鬼。
我是你心中的天使。
不要上學。
要上學。
我太幼稚了，其實心中哪來的魔鬼和天使。
絕對小學
把討厭打一頓。
要愛護討厭。

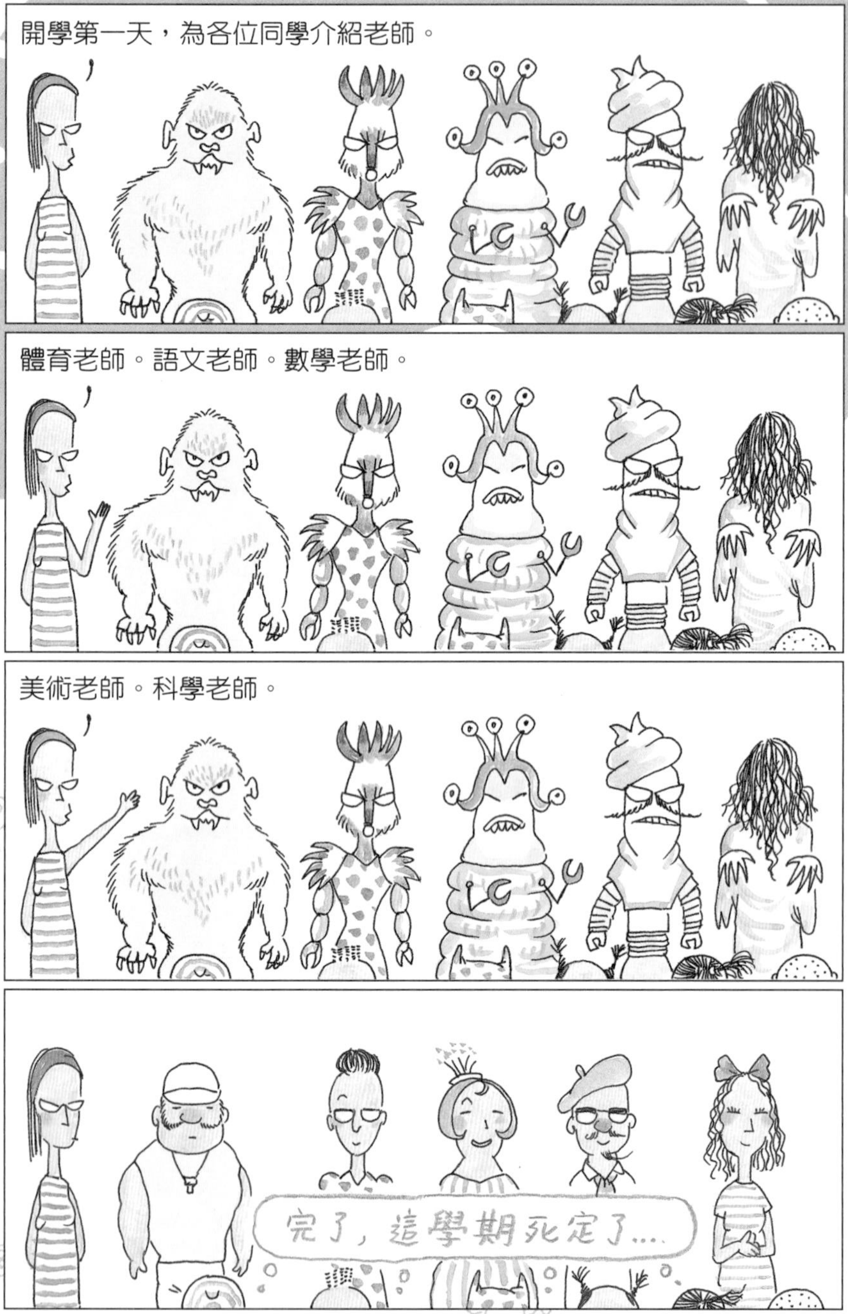
開學第一天，為各位同學介紹老師。
體育老師。語文老師。數學老師。
美術老師。科學老師。
完了，這學期死定了……

校長要求學生要擁有獨立思考的能力。
所以從今天開始，你們要學會獨立思考，聽到沒有？！
聽到了！！！
這樣獨腳站著，真的會和別人想的不一樣嗎？

身為老師，應該要教會學生擁有獨立思考的能力……
我們要有獨立思考的能力，擁有自己的主張自己的看法……
校長
身為老師，應該要教會學生擁有獨立思考的能力……
我們要有獨立思考的能力，擁有自己的主張自己的看法……
校長
身為老師，應該要教會學生擁有獨立思考的能力……
我們要有獨立思考的能力，擁有自己的主張自己的看法……
校長
怪不得我們永遠也教不出擁有獨立思考的學生。
校長
導師，校長要妳等會兒上他辦公室一趟。

把零食交出來！
把漫畫交出來！
把遊戲機交出來！
這學期很難混了……
我以後要當科學家……
我以後要當慈善家……
我以後要當發明家……
這些大人其實在教我們
以後都是說謊家……
演講
比賽

笨蛋！要你畫大象，
你畫成老鼠！
笨蛋！要你畫大樹，
你畫成西蘭花！
好啦，全部停下來，改畫
笨蛋算了！

實驗就是用無數次的印證來
看一件事情是不是正確的。
各位同學懂了嗎？
懂了。
所以如果同學們每次打瞌睡
就證明該堂課沒有必要上。

絕對小孩世界

- 大人尋找幸福。小孩根本不需要尋找幸福，幸福自己會來找小孩。
- 小孩相信會說話的動物、精靈、仙子、巨人、巫婆、魔法師，也相信公主和王子，就是不敢相信大人。

絕對小孩世界

●矮冬瓜胖西瓜瘦黃瓜笨傻瓜，
兔子跳烏龜爬金魚游小孩玩。
——小孩世界區分法。
考一百分的是天才，考零分的是笨蛋。
——大人世界區分法。

這題算術有誰會做？
我。我。我。
很好，那就披頭上來做吧。
這是什麼世界，全班都在假裝會做，偏偏就點到我……
50×2
14－3
8＋21
38減14還剩多少？
不會。
不會。
不會。
198塊炸雞減掉56塊炸雞還剩多少？
142塊炸雞
142塊炸雞
138斤脂肪減掉74斤脂肪還剩多少？
64斤肥肉
64斤肥肉
男孩和女孩的數學天份不太一樣……

目標已從3號教室向9號教室移動。OVER。
這有一張沒寫姓名考鴨蛋的試卷，有誰要承認？
看見目標離開往廁所移動。OVER。
沒關係，不承認我就讓鴨蛋告訴我是誰。
目標在廁所停留三分二十秒。各位老師請持續監視……OVER。
鴨蛋已經說了，我再給你一次機會，下課來找我。
奇怪？老覺得心裡毛毛的……
好像受騙了。
結論：小孩是鬥不過大人的，尤其是病態的大人。

絕對小孩世界

- 每個孩子出生時都會嚎啕大哭，因為他們第一眼看到的是大人。
- 人生是用來發呆和發笑。——小孩的哲學。
- 人生是用來發財和發瘋。——大人的哲學。
- 小孩喜歡笑，大人喜歡笑別人。

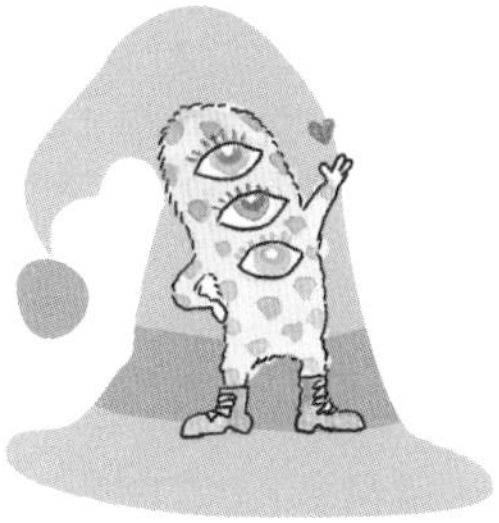

絶對小孩世界

●為什麼不可以天天過生日？——小男孩問。
因為負擔不了天天買禮物。——大男人答。

●小孩認為這世界唯一的答案在自己看鏡子時的魔法裡面，唯一的問題在客廳看電視的父母身上。

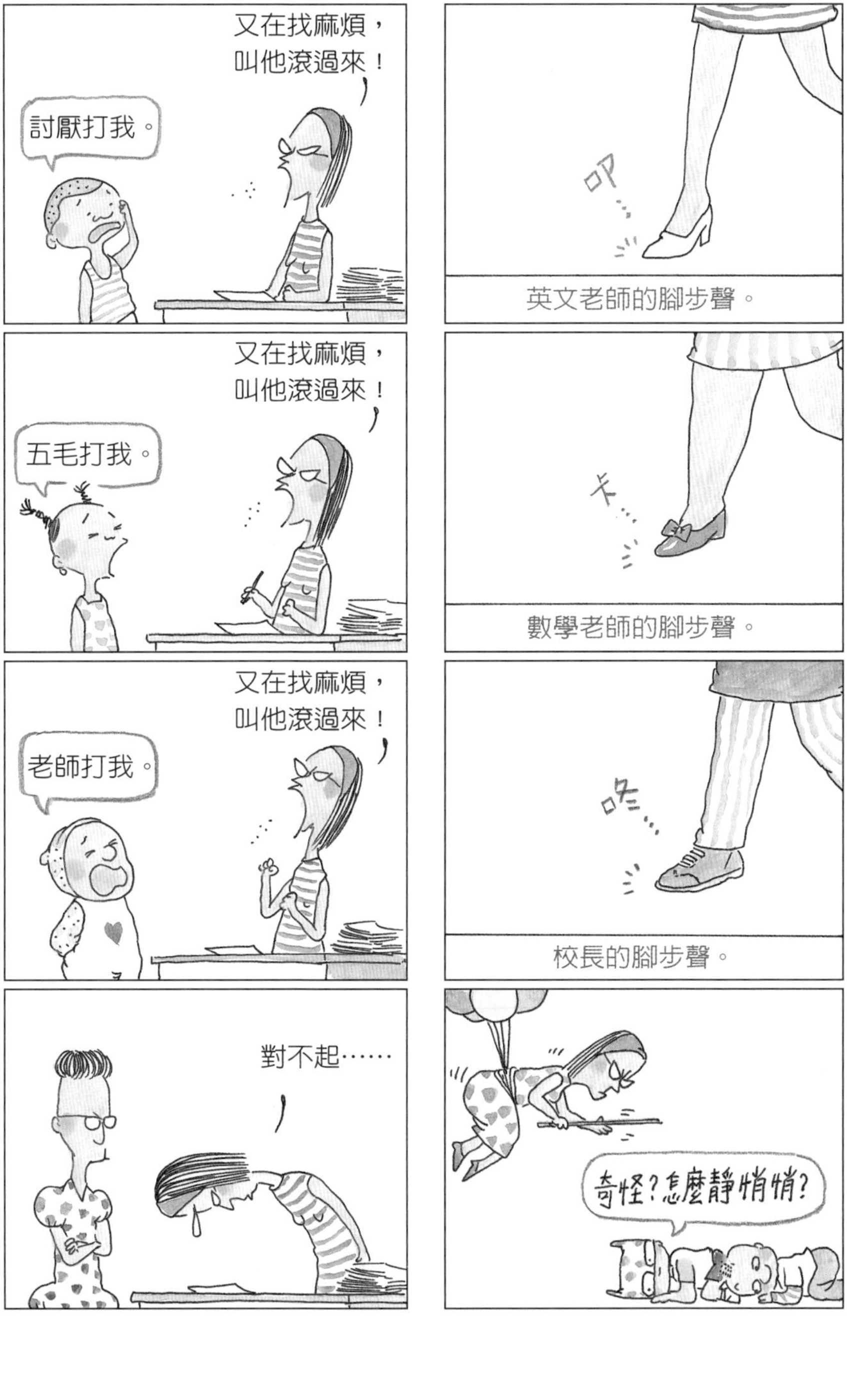
又在找麻煩，
叫他滾過來！
討厭打我。
叩……
英文老師的腳步聲。
又在找麻煩，
叫他滾過來！
五毛打我。
卡……
數學老師的腳步聲。
又在找麻煩，
叫他滾過來！
老師打我。
咚……
校長的腳步聲。
對不起……
奇怪？怎麼靜悄悄？

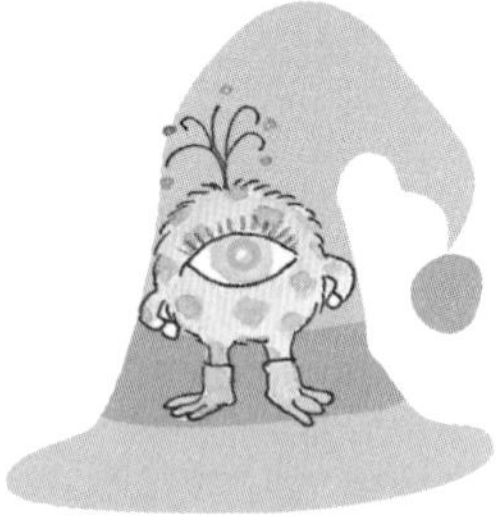

絕對小孩世界

● 再複雜的世界對小孩而言，只有好玩和不好玩
這兩個答案。

● 小孩的世界是樂觀的，直到遇見大人。
大人的世界是悲觀的，直到遇見另一個大人。
——變得更悲觀了。

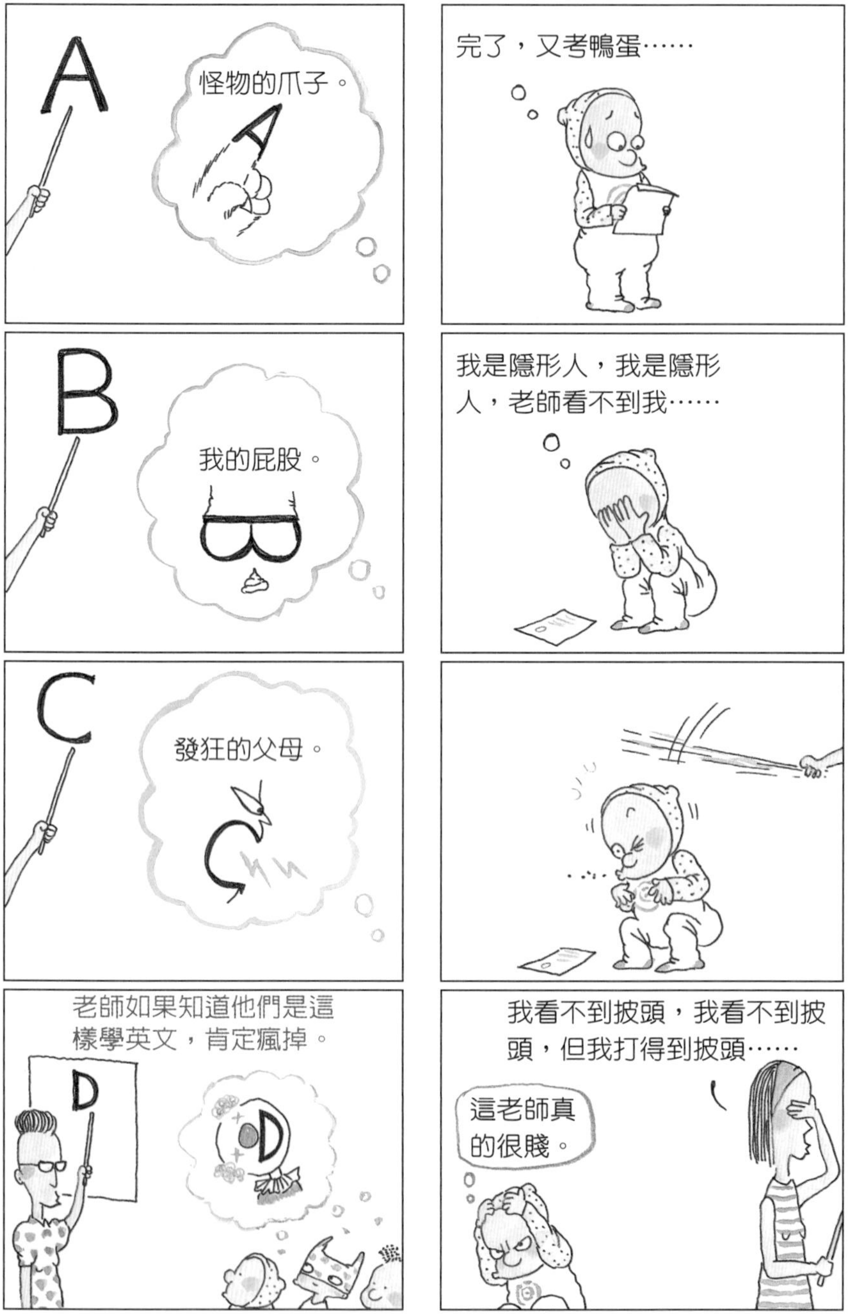

絶對小孩世界

小孩都知道快樂比金錢重要。
大人也知道，於是他們用金錢去買快樂。
小孩愈了解大人就愈不了解自己。
大人唯一能教導孩子的就是讓他們從大人的錯誤中學習。

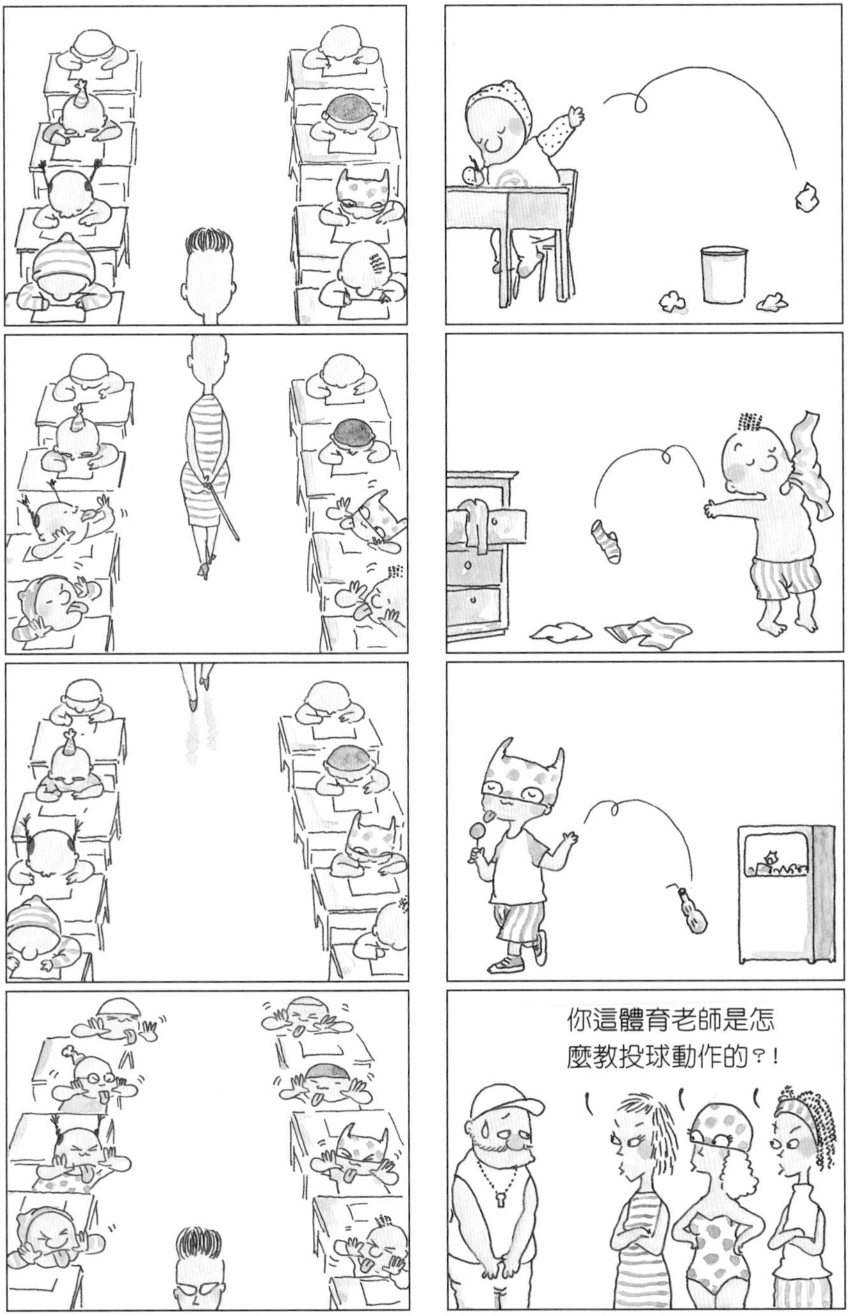
你這體育老師是怎麼教投球動作的？！

大人的話，小孩聽不進去。
小孩的話，大人也聽不進去。
我們處在兩個互相聽不進去的世界。
所以我們並不是只有一個世界，而是兩個世界。
到底該給100分還是0分？
演講題目：
一個世界
在社會上做一個有用的人……
游泳的人？
……也要當一個搖不動的支柱……
咬不動的蜘蛛？
……絕不浪費珍貴的人生……
珍貴的人參？
唉，現在學校老師都在教些什麼？！

拒絕長大！
拒絕長大！
拒絕長大！
拒絕長大不是
靠留級的！！
所有的空間都同時存在著兩種截然不同的世界。

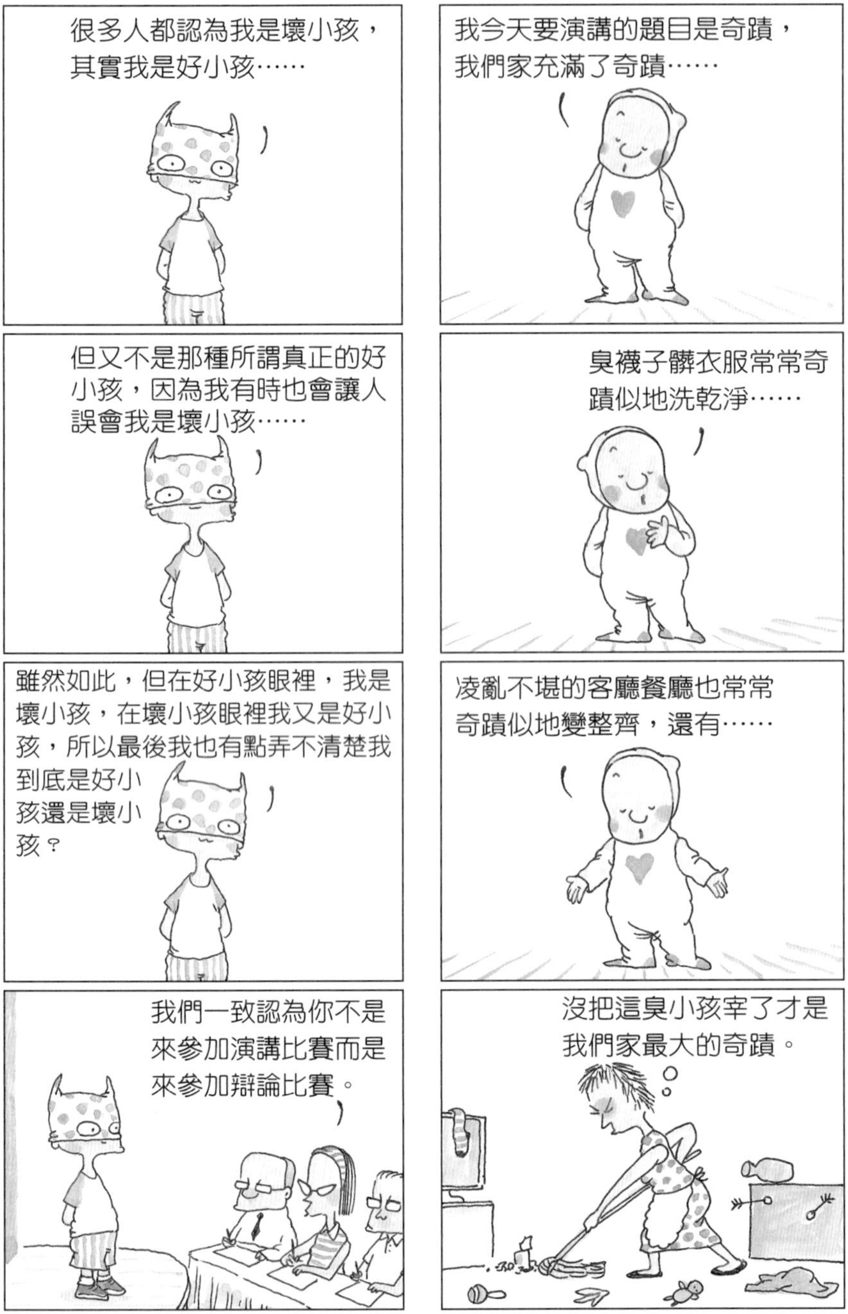

很多人都認為我是壞小孩，其實我是好小孩……
但又不是那種所謂真正的好小孩，因為我有時也會讓人誤會我是壞小孩……
雖然如此，但在好小孩眼裡，我是壞小孩，在壞小孩眼裡我又是好小孩，所以最後我也有點弄不清楚我到底是好小孩還是壞小孩？
我們一致認為你不是來參加演講比賽而是來參加辯論比賽。
我今天要演講的題目是奇蹟，我們家充滿了奇蹟……
臭襪子髒衣服常常奇蹟似地洗乾淨……
凌亂不堪的客廳餐廳也常常奇蹟似地變整齊，還有……
沒把這臭小孩宰了才是我們家最大的奇蹟。

糟糕，要變出兔子，結果變出老爸的色情刊物……
糟糕，要變出白鴿，結果變出老媽的胸罩……
糟糕，要變出鮮花，結果變出我的成績單……
夾帶小抄作弊不是才藝表演！
糟糕，要變成魔術師，結果變成了過街老鼠……
回來！

T牌的項鍊。
G牌的戒指。
B牌的衣服。
才藝表演變成財氣表演……
比賽小子的才藝表演是催眠術。

我爺爺要我做科學家，我奶奶要我做醫生，我爸爸要我做總統，我媽媽要我做音樂家。
那你打算做哪一個？
我打算三十歲做醫生，四十歲做科學家，五十歲做音樂家，六十歲做總統。
然後剩下的歲月做自己……
呼，差一點……
哇，好險……
呀，躲過……
最後壓軸的是老師們的砸人才藝表演。

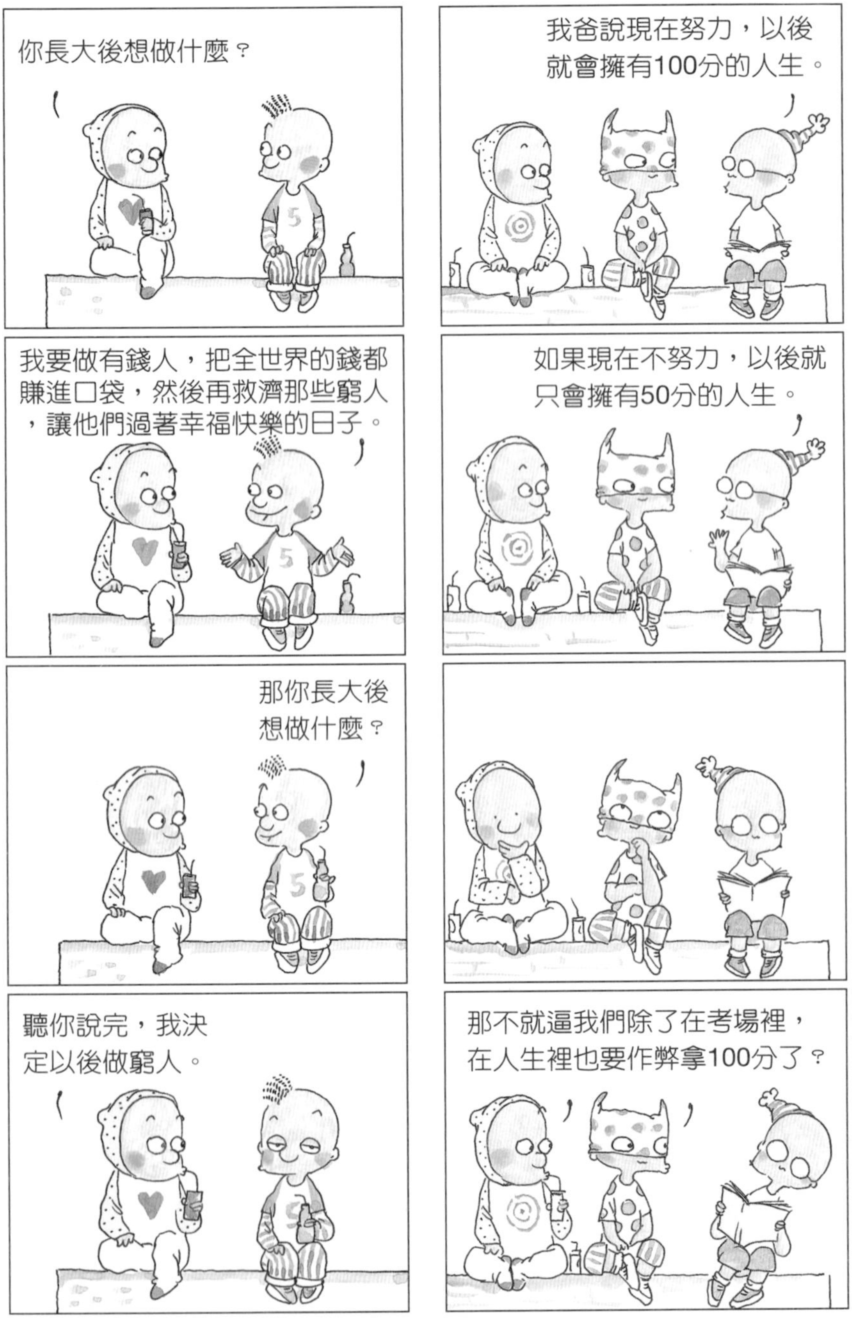
你長大後想做什麼？
我要做有錢人，把全世界的錢都賺進口袋，然後再救濟那些窮人，讓他們過著幸福快樂的日子。
那你長大後想做什麼？
聽你說完，我決定以後做窮人。
我爸說現在努力，以後就會擁有100分的人生。
如果現在不努力，以後就只會擁有50分的人生。
那不就逼我們除了在考場裡，在人生裡也要作弊拿100分了？

五毛說你愛我。
不是，是比賽小子愛妳。
披頭說你愛我。
不是，是討厭愛妳。
比賽小子說你愛我。
不是，是狗仔愛妳。
我這樣不曉得算不算是一個歷盡感情滄桑的女人……
我媽說我是從垃圾桶揀來的。
我媽也說我是從垃圾桶揀來的。
我媽也這麼說。
奇怪？有那麼多垃圾桶嗎？

絕對戰艦遇上恐怖黑洞，明智的艦長決定加足全部馬力準備衝脫！
副艦長，注入所有的燃料！
是！
噗
我真的不是故意的……
燃料變成肥料了。
老爸說的沒錯，這社會就是有人讓別人幹活自己享樂……

絕對小孩世界

● 公主問青蛙，你是不是王子變的？
青蛙回答公主，妳是不是青蛙變的？

● 女生幫女生男生幫男生，這就是孩子的戰爭。

● 有些女生希望自己是男生，這樣就可以欺負男生了，她們還不知道其實結婚以後一樣可以。

每個小孩都是哲學家，每個大人都是折腰家。

善良和邪惡，美麗和醜陋，幸運和倒楣，樂觀和悲觀，有錢和沒錢。唉，大人老是喜歡一刀把這世界的價值觀一切為二。

小孩只會一刀把蛋糕一切為二。

這有一把時光窺探鏡，可以照出以後長大的樣子。
哇，像老古板。
哇，像胖婦。
哇，像奸商。
換我了。
哇，像老爸。
結論：討厭最慘……

超人！鋼鐵人！
蜘蛛人！閃電人！
商人！
據說當這個字眼出現時，
就代表童年結束了……

帶老爸坐時光機器回到他小學時候。
帶老爸坐時光機器回到他初中時候。
帶老爸坐時光機器回到他高中時候。
老爸，你的人緣真的很差。

像海盜……
像流浪漢……
像怪老頭……
哇，可不可以不要長大？

絶對小孩世界

● 一個謊加一個謊再加一個謊等於頑皮小孩。

● 如果糖果容易造成蛀牙，那為什麼糖果自己沒有蛀牙？——絕對小孩披頭的問題。

● 其實有時候我們撒謊是為了測試父母有多聰明。
——絕對小孩討厭的實驗。

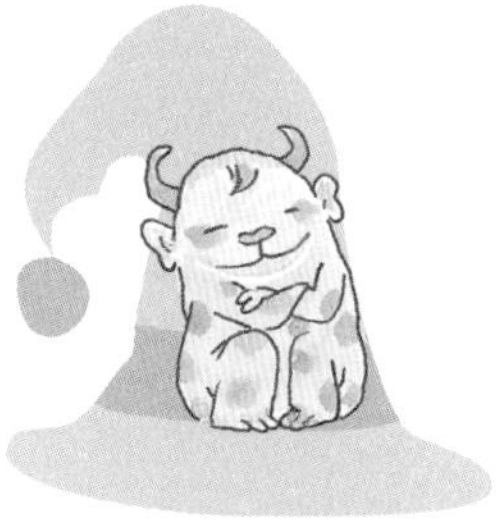

絕對小孩世界

- 笨小孩一定有一對笨父母，因為他和你們在一起的時間最多呀！——絕對小孩五毛的看法。
- 這世上沒有奇蹟只有成績。——絕對小孩比賽小子的結論。
- 小孩要擁有自己的夢想而不是擁有父母的夢想。

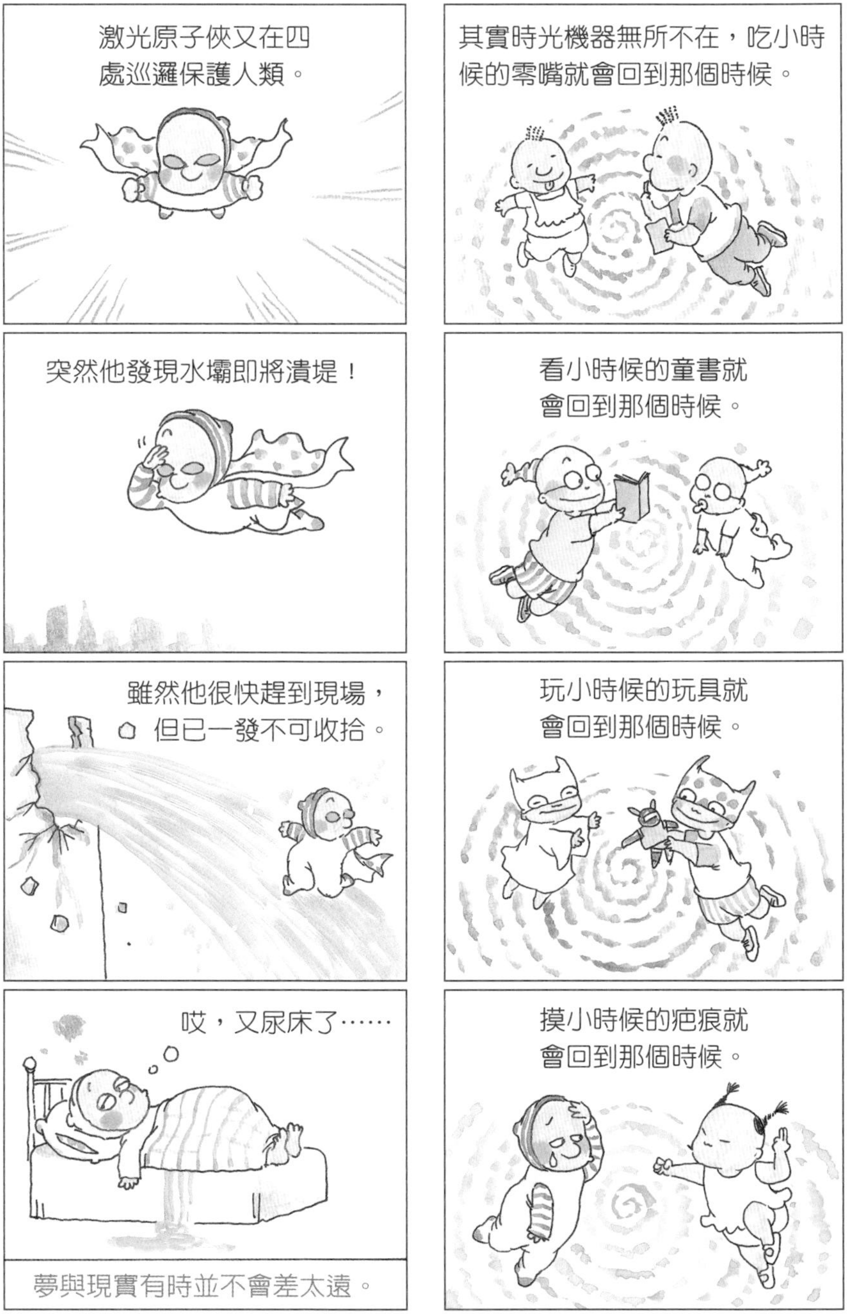
激光原子俠又在四處巡邏保護人類。
突然他發現水壩即將潰堤！
雖然他很快趕到現場，但已一發不可收拾。
哎，又尿床了……
夢與現實有時並不會差太遠。
其實時光機器無所不在，吃小時候的零嘴就會回到那個時候。
看小時候的童書就會回到那個時候。
玩小時候的玩具就會回到那個時候。
摸小時候的疤痕就會回到那個時候。

走開，我是紙袋超人，
這是我的地盤。
走開，我是棉被俠，
這是我的管轄區。
走開，我是鐵鍋行者，
這是我的地方。
髒死了，去洗澡！
解救人類，你們就是這樣報答我的嗎！
唉，在自己家門口能發生什麼世界大事……

絶對小孩世界

● 電玩和手機把稚嫩又有豐富想像力的小孩心靈鎖在小框框裡了。

● 小孩的夢想世界被大人的現實世界入侵，到底誰贏誰輸？這是本世紀最大的課題。

● 絕對小孩誓詞：

(1) 我願意永遠待在魔法世界裡都不哭。

(2) 我願意每天吃各種糖果、冰淇淋都不膩。

(3) 我願意玩遍所有的遊戲，而且保證永遠不厭煩。

(4) 我願意盡我一切力量阻止我長大成人。

媽，我要離家出走。
別忘了買醬油。
爸，我要離家出走。
記得幫我帶份報。
爺，我要離家出走。
狗餵了沒？
算了，等他們認真點我再離家出走吧……
太寒傖了，會被人瞧不起。
太奢華了，會引人歹念。
太沒品味了，會惹人笑。
唉，沒決定用什麼行李箱之前是不可能離家出走的。

我兒子離家出走了。
你們一定要幫我找到他！
通緝
回來了呀，警察沒找到你，倒是先找到你爸了。

這是我第一次離家出走，我到底該往東南西北哪個方向走？
我每次離家出走都往東西方向走。
為什麼？
因為才有「東西」吃呀。
我還是問別人吧……

我快瘋掉了，
我要離家出走！
我快瘋掉了，
我要離家出走！
我快瘋掉了，你們
全給我離家出走！
有錢人家的小孩就是不一樣。

解釋「哀莫大於心死」。
指最可悲的事就是麻木不仁。
解釋「百聞不如一見」。
指聽得再多也不如親眼見一次。
哇，快瘋掉了，
我要離家出走！
解釋「我要離家出走」。

你知道嗎？
想像世界和真實世界是顛倒的，時間可以彎一彎！
我們小孩每分鐘都能帶大人回到這個顛倒空間，
看看以前的自己，然後一起回來面對這個真實世界。

MAGIC BUS

來自顛倒空間精靈告訴你的話：

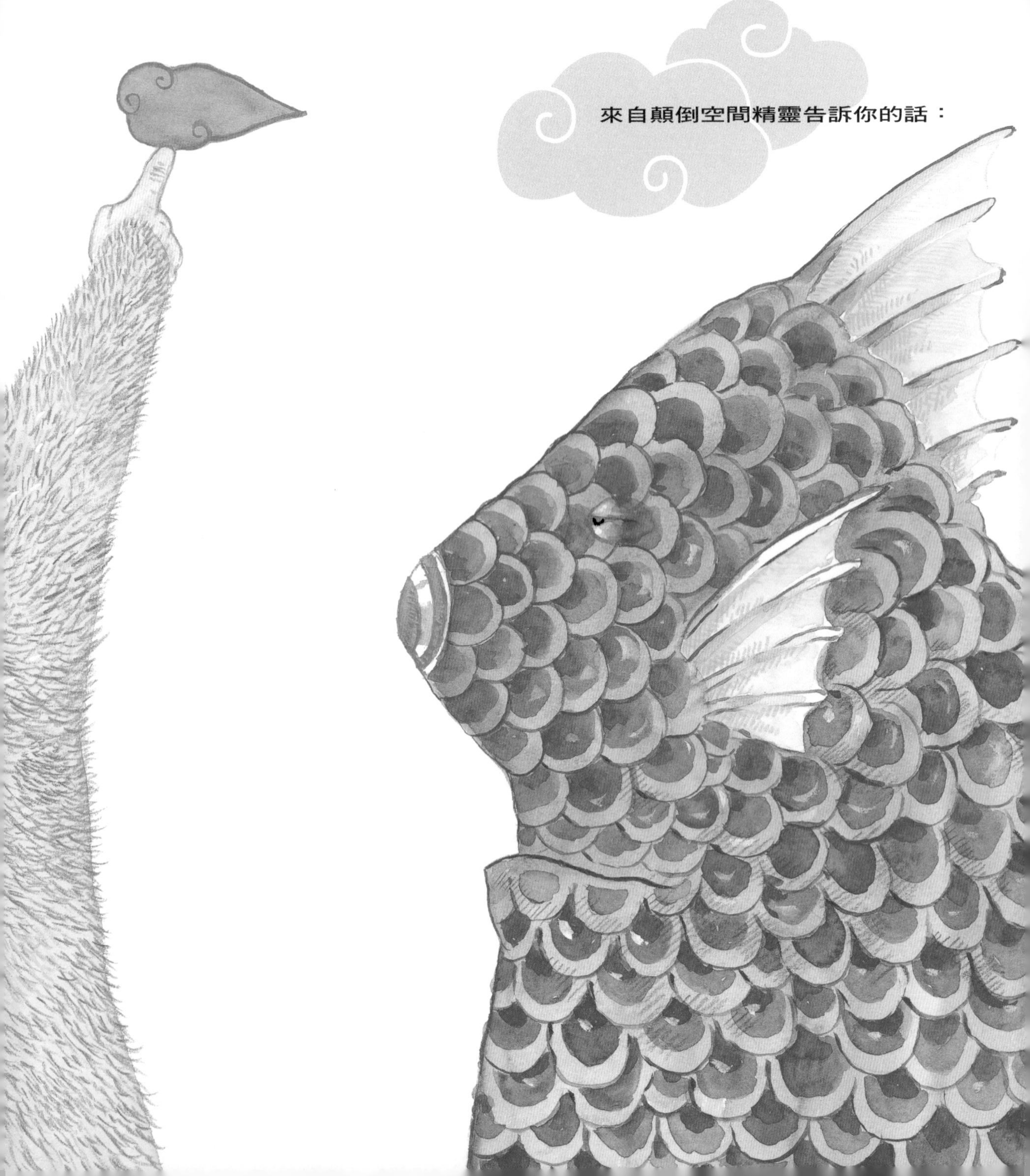

我們存在很久了，
久到連我們自己也不記得多久了。
只要你們的童心還在一天，我們就存在一天。

你們的爺爺奶奶爸爸媽媽都曾經是我們的朋友，
我們就這樣陪伴你們一代代長大，
直到你們忘記我們。

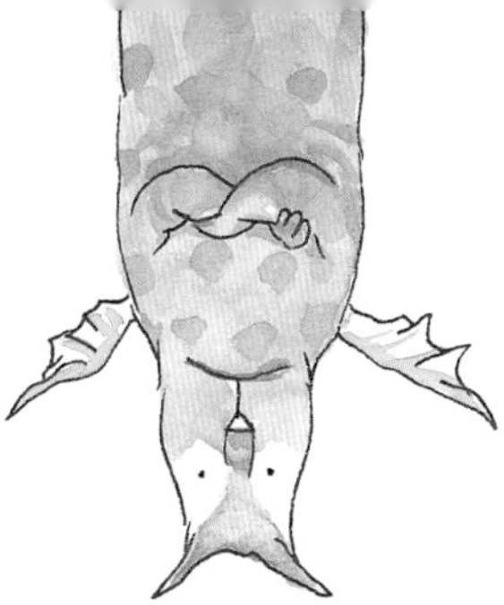

只要找回想像世界那個童年的你，我們就會回來陪你。

11
5

朱德庸作品集30

絕對小孩3：夢拐角

作　者—朱德庸
編輯顧問—馮曼倫
美術設計—三人制創
美術編輯—黃雅藍
執行編輯—朱重威

主　編—王瑤君
執行企畫—曾睦涵
製作總監—蘇清霖
發 行 人—趙政岷

出 版 者—時報文化出版企業股份有限公司
10803 台北市和平西路三段二四〇號七樓
發行專線—（〇二）二三〇六—六八四二
讀者服務專線—〇八〇〇—二三一—七〇五（〇二）二三〇四—七一〇三
讀者服務傳真—（〇二）二三〇四—六八五八
郵撥—一九三四四七二四時報文化出版公司
信箱—台北郵政七九～九九信箱

時報悅讀網—http://www.readingtimes.com.tw
時報出版愛讀者—http://www.facebook.com/readingtimes.fans
朱德庸 FUN 幽默粉絲團—https://www.facebook.com/wearekids
朱德庸微博—https://weibo.com/zhudeyongblog
法律顧問—理律法律事務所陳長文律師、李念祖律師
印　刷—詠豐印刷有限公司
初版一刷—二〇一七年十二月二十九日
定　價—新台幣三八〇元
（本書如有缺頁、破損、倒裝，請寄回更換）

時報文化出版公司成立於一九七五年，
並於一九九九年股票上櫃公開發行，於二〇〇八年脫離中時集團非屬旺中，以「尊重智慧與創意的文化事業」為信念。

ISBN 978-957-13-7222-8
Printed in Taiwan

朱德庸微博、臉書粉絲團

絕對小孩 3：夢拐角 / 朱德庸 著
-- 初版 .– 臺北市 : 時報文化 , 2017.12

面；　公分 . -- (朱德庸作品 ; 30)
ISBN 978-957-13-7222-8(平裝).

855　　　　106021227